我在非洲的岁月

张聿强　著

中国华侨出版社
·北京·

图书在版编目（CIP）数据

我在非洲的岁月/张聿强著. —北京：中国华侨出版社，2021. 8
ISBN 978-7-5113-8534-5

Ⅰ. ①我… Ⅱ. ①张… Ⅲ. ①纪实文学—中国—当代 Ⅳ. ①I25

中国版本图书馆 CIP 数据核字（2021）第 137591 号

我在非洲的岁月

著　　者／张聿强
责任编辑／李胜佳
封面设计／美轮美奂图文工作室
经　　销／新华书店
开　　本／710mm×1000mm 1/16　　　印张：7　　字数：122 千字
印　　刷／涞水建良印刷有限公司
版　　次／2021 年 8 月第 1 版　2021 年 8 月第 1 次印刷
书　　号／ISBN 978-7-5113-8534-5
定　　价／32.00 元

中国华侨出版社　北京市朝阳区西坝河东里 77 号楼底商 5 号　邮编：100028
法律顾问：陈鹰律师事务所
发 行 部：(010) 64443051　　　传　真：(010) 64439708
网　　址：www.oveaschin.com　　E-mail：oveaschin@sina.com

如果发现印装质量问题，影响阅读，请与印刷厂联系调换。

谨以此拙作献给伟大祖国

并以此纪念我的母亲
辞世 30 周年

非洲的马赛族人

驻毛里塔尼亚大使馆

索马里的海边

坦赞铁路的达累斯萨拉姆火车站

前　言

在我完成驻外使馆经参处工作后，回到了原单位中国成套设备进出口总公司。2014 年，总公司为纪念公司成立 55 周年（1959—2014）出版了一本文集，名为《难忘的岁月》。

文集的"前言"说："55 年来，公司一直致力于开展对外经济技术合作事业，业务遍及亚非拉地区广大发展中国家，那里工作生活条件非常艰苦，许多地方疾病流行，有的地方动乱战乱频发，但是工作在国外第一线的同志们将自己的安危置之度外，认真履行职责，努力完成使命，勤勉工作，默默奉献。本文集大量作品反映了他们在援外项目、工程承包项目、境外投资项目、驻外使馆经济参赞处、驻外办事处、代表处、机关站等工作的艰辛经历和难忘岁月，从不同角度呈现了援外事业的方方面面和公司发展的点点滴滴……"

文集共收录了 72 名作者的 80 余篇作品，其中收录了本人的 4 篇。这 4 篇中，有 2 篇是写关于索马里的，一篇是《历经风雨的"中国大院"》（原载 1992 年 2 月 16 日《国际经贸消息》报，题目是《难忘的非洲之角》），另一篇是《在索马里的最后七天七夜》（原载 1991 年 3 月 31 日《国际经贸消息》报）。

要说条件差，生活艰苦，在我常驻过的几个非洲国家中，非索马里莫属，不但住房、办公条件差，而且还经常停水停电。经贸部人事司 1990 年四五月间对驻索使馆经参处进行考察，负责考察的同志说：出来前，听说该处条件差、艰苦，但没想到会如此的差。他说，条件差，艰苦，无非一个是水的问题，一个是电的问题。回国后，一定向有关部门和领导反映。

我驻索马里使馆经济参赞处情况有点特殊，它是同 5 家中国承包公司同在一个大院内，这种情况在我驻外其他经参处是不存在的，可以说，前无古人，后无来者，大院内的一切公共事务，如大院内水电费等的分摊、收取、垃圾的处理以及治安等，都由经参处统一领导和管理（这是历史上遗留下来的），经参处又由一位一秘专门负责此项工作。我抵索后，在经参的分工中，让我担当此任，另外，还让我分管 5 家中国承包公司和招待所，除此之外，还要分管两个经援项目，凭心而论，管理"中国大院"这项工作（私下里我被戏称为"院长"），在当时特殊的历史情况下，特别是索北方爆发内战后，索经济更加困难的情况下，是有一定难度的。

大院内，经参处、招待所和 5 家中国公司甚至还包括经参处隔壁的卷烟火柴厂（系我援索最早的经援项目，早已建成后移交给索方），同用一路电（外电），同用一井水（烟厂有自己的水井），特别是在战乱时，索经济极端困难，市场买不到柴油，导致大院三天二头停水断电，深井泵屡屡被烧坏，你不知道何时水泵会被烧坏，何时停水停电，一出现这种情况，就要组织力量抢修……这在我写的《难忘的非洲之角》一文有所反映，我必须说，该文中所写只不过是我在索工作 3 年的凤毛麟角（见《1990，在索马里最后的一年，战乱中写下的日记》）。

我抵索后不久的 1988 年 5 月底，索北方爆发了反政府内战，自此之后，在我们经参处的工作中，又增加了一项有关战争的内容。

我在索马里工作的 3 年，是同艰苦、条件差、战乱、战争紧密联系在一起的。

索北方战争，敲响了西亚德政权的丧钟，为了应付这场战争，摇摇欲坠的西亚德政权不得不倾其全力，使本来就困难的索经济雪上加霜，人民生活苦不堪言，导致社会治安恶化，盗贼蜂起。我大院目标大，大院内堆放着各公司的设备、材料，成了窃贼们行窃的主要目标，他们结成团伙，三天两头光顾，有时明目张胆地闯入大院内作案。

招待所客房原本是烟厂项目施工时为我专家建的临时设施，设施陈旧老化，急需改造，国内外来住招待所的客人意见很大，对此，我这位分管招待所的官员责无旁贷……

以上就是我在经参处 3 年的工作，这真是我去索前不曾想到的。

外交官一职，是国人，特别是青年人向往的一种职业，谈到外交官，人们会联想到华丽的服装、漂亮的轿车、美酒佳肴、觥筹交错……

从我的经历看，外交官一行并不都是鲜花美酒，还充满了风险和不可预见性，这里面有战争，有疾病，又有条件差、生活艰苦以及其他不可言表的事。我在索马里的 3 年，这些都遇到了。但是，我基本做到了遇事不惊，因为我平时有所准备，包括生于贫穷，长于贫穷，自幼经历了一些磨难，加上党的良好的培养、教育，没有忘记自己的身份，不忘初心，使我在索马里的 3 年较圆满地完成了任务。

张聿强
2019 年 5 月 21 日

目　录

第一篇　我在非洲待过的第四个国家

索马里概况 ··· 3

驻索经参处 ··· 4

索马里北方内战 ··· 8

失踪的 9 名中国供水专家 ································· 16

他为保卫公司财产流尽最后一滴血 ················· 19

巴洛温农场 10 名中国农业专家免遭厄运 ········· 20

风云飘摇中的西亚德政权 ································· 24

索首都爆发内战 ··· 28

中国人撤离索马里 ··· 33

第二篇　走进非洲的外交生涯

第一次走进非洲 ··· 39

第二次常驻非洲 ··· 42

"转战"南部非洲 ··· 43

为公司省下近 200 万美元 ································· 47

往事 50 年，回忆援坦专家张敏才同志 ············· 47

第三篇　走出非洲

走出非洲 ··· 53

卡塔尔概况 ··· 55

人们为什么乐意去卡塔尔投资 ························· 58

附　录

1990 年，在索马里最后的一年，战乱中的日记 …………………… 63

后记 ……………………………………………………………… 98

第一篇
我在非洲待过的第四个国家

索马里费诺力农场途中

它是当今世界最贫穷的国家之一，它一度是世界上海盗最猖獗的国家，这个国家的海域被称为是世界上最危险的海域，以至于至今我国定时向该海域派出护航舰队；这个国家是15世纪我国著名航海家郑和所率船队两次登上该国海岸的国家；该国也是周恩来总理1964年非洲之行所访问过的国家，并在此宣布了我国对外援助的八项原则；这个国家是笔者20世纪80年代末，曾常驻非洲的第四个国家，在该国常驻了3年，经历了该国从动乱到战争的全过程，当时我驻该国经参处被我某政府官员称之为条件最差、最艰苦的经参处。这个国家就是索马里。

索马里概况

　　索马里位于非洲大陆的东北角，通常被称为"非洲之角"，面积约63万平方公里，人口1500余万（2018年），首都摩加迪沙，人口约100万。整个索马里地形狭长，东临印度洋，海岸线长约3330公里，东北部隔亚丁湾与阿拉伯半岛相望，西北角与吉普提（原来是法属索马里）相邻，西边和西南边分别与埃塞俄比亚和肯尼亚接壤。

　　索马里的地理位置十分重要，地处亚非欧的交通要冲，把亚、非、欧各国与太平洋和印度洋沿岸各国连接起来。

　　据历史记载，15世纪我国明朝大航海家郑和所率领的庞大船队曾七次横渡印度洋，抵达非洲东部沿海国家，开辟了中国与非洲国家的"海上古丝绸之路"，其中有两次到达过索首都摩加迪沙及其沿海地区，带去了中国的陶瓷、丝绸、土特产，带回了索马里的特产没药、乳香等。

　　由于索马里在地理位置上与阿拉伯国家接近，故索在宗教、文化等方面深受阿拉伯国家的影响。

　　自7世纪始，阿拉伯人不断移居索马里，索马里独立后，阿拉伯语、索语为该国通用语言。

　　1840年，索北部沦为英国殖民地，称为英属索马里。1885年，意大利人占领了索东部和南部地区，这些地区称为意属索马里，英属索马里和意属索马里于1960年7月1日成立了索马里共和国。

　　1969年10月21日，国民军司令西亚德·巴雷发动军事政变成功，改国名为索马里民主共和国并就任总统。

西亚德政权重视南方，轻视北方，南方经济远比北方发达，引起了北方人民的不满，南北矛盾日趋加深，到 1988 年 5 月底，北方人民反政府武装力量突然向政府军发动了进攻，西亚德政权走向崩溃。到 1990 年底，内战的战火燃烧到首都摩加迪沙，继之爆发了大规模的内战。到 1991 年 1 月，我使馆全体人员（除个别的留守人员外）、在索的全部专家和工程技术人员被迫撤离索马里，笔者在索工作的 3 年（1987 年 12 月—1991 年 1 月），正是西亚德政权垮台前的 3 年。

索马里经济落后，资源贫乏，属世界上最不发达国家之一。

索马里经济上以畜牧业和农业为主，主要牲畜有骆驼、牛和羊。农作物主要是香蕉。外汇来源主要是向阿拉伯国家，也向欧洲国家出口活牲畜骆驼、牛、羊和香蕉。特产有没药和乳香，其产量占世界总产量的一半。

索马里的经济严重依赖外援，向其提供援助的主要是欧美国家和联合国机构。

自 20 世纪 60 年代中期以后，我国也向索提供了大量的经济援助，帮助其建了不少在国民经济中起支柱作用的项目。

我国与索马里于 1960 年 12 月 12 日建立外交关系，两国关系友好。1964 年周恩来总理非洲之行，其中访问了索马里，受到了索政府和人民的热烈欢迎。访问期间，周总理宣布了我国对外经济援助的八项原则。自那之后，我国对索开始了大规模的经济技术援助。

驻索经参处

1987 年 12 月中，我被派驻索使馆经参处，任一秘。参赞任期已满回国。抵索后，处内临时负责人很快地对我的工作进行了安排：

1. 分管"中国大院"的工作（包括大院内的水、电、垃圾的处理，治安等）。

2. 我专家招待所的工作。

3. 大院内 5 家中国公司的工作。

4. 两个经援项目。

后听经参处的"老人"（处内抵索时间较长的同志）讲，我所分管的前两项工作，在此之前的经参处是由处内的两位一秘共管，在处内工作分工中，他们除处内的其他工作外，对这两项工作各分管一摊，要么是分管大院的工作，要么是分管招待所的工作。

这里所说的"中国大院"是怎么一回事？为什么在经参处的工作分工中，还要专门设一位一秘分管这项工作呢？经参处又为什么要和5家中国公司同在一个大院内？

这要从我援索的历史说起。

我在索最早的经援项目是卷烟火柴厂（以下简称烟厂），始建于20世纪60年代，就是现在与"中国大院"一墙之隔的烟厂。烟厂施工时，大院这里是施工现场，堆满了各种设备和材料，为了施工方便，中国人还在这里建了一些在当时来讲较为"高级"的专家宿舍：石棉瓦吊顶、水泥地面、蹲式便器、淋浴等，以及有关的水电等临时设施。

卷烟火柴厂项目建成移交后，根据形势发展（特别是1964年周总理访索后），中国专家以此为基地，又在索首都陆续建成了一批新项目：国家体育场、国家剧场和一所现代化的医院——贝纳迪尔医院，并向该医院派遣了中国医疗队。这些项目受到了索政府和人民的欢迎和好评，特别是医疗队，解决了索人民长期以来缺医少药的问题，使索人民直接受益。

之后，索政府要求中国政府为索建更多的有利于国计民生的项目。

由于我在索经援业务的不断发展，为了便于我对索经援项目的领导和管理，经我政府和索政府协商后，索政府同意将烟厂施工现场约8万平方米的地皮无偿提供给中方，供我建经参处和专家招待所使用，以及堆放设备、材料场地用。于是，我便在这8万平方米的土地上，利用原来的施工时所建的临时设施，稍加改造，"多快好省"地建成了经参处和招待所。在索有经援项目的省、市、自治区也在这8万平方米的地皮上，建起了自己的援外办，直接为自己在索的经援项目服务。

自那以后，根据索方要求，中国又在索陆续建了不少项目：

在索北方索第一条大河谢贝利河（全长2000余公里）的下游建了一个2000公顷的水稻灌溉农场，即巴洛温农场；

向索北方首府哈格萨市派遣了医疗队；

修建了一条长1000余公里的贝布公路（从贝莱特温到布劳），该公路质量很高，受到索政府和国际社会的高度赞扬；

在索北方首府哈格萨市郊区建一供水厂，我方共有9名专家在从事技术合作；

向索北方派了一个打井队；

5

在离索首都 350 余公里的南方，基斯马尤港不远处，建了一个 8000 公顷水稻灌溉农场，名曰费诺力农场，是我援索最大的经援项目。

星移斗转，光阴荏苒。

1978 年，中国共产党召开了十一届三中全会，开启了改革开放的大门，中国的经济发展插上了腾飞的翅膀，我对外经援工作改变了以前那种单纯提供无息或低息贷款的做法，改为平等、互利、合作共赢的做法，即由原来的输血变为造血；国内各省、市、自治区还实施劳务、承包责任制，号召他们走出国门，走向世界，这种做法具有强大的生命力。

这一改革，极大地调动了国内外的积极因素，我各省、市、自治区纷纷成立了对外经济合作公司，他们放眼世界，创造辉煌。

我在索的各经援项目组，积极响应国内的号召，在索方免费提供的 8 万平方米的地皮上所建的简易的援外办，稍加改造，成立了经理部，原来的专家组长、副组长成为经理或副经理，这些经理部集中到这 8 万平方米的土地上，建立了各自的"隔离墙"，为了安全，又将这 8 万平方米围成了高 2 米的院墙，院墙内有经参处、专家招待所、中建广西分公司、四川公司、江苏公司等单位，这就初步形成了"中国大院"。大院内大家共用一路电，共用一井水，水和电都是从与经参处一墙之隔的烟厂那边引来的，水电的总开关都在隔壁烟厂那边，烟厂每月把大院所用的水、电总数费用送到经参处，由经参处再根据情况向大院内各单位分摊，收齐后交烟厂。

大院内这么多单位在一起，存在着一个管理问题。简单的一个例子，大院内所用公用电、水费由谁来分摊？由谁来收缴？大院内各家公司都是平等的，让哪家来干这活儿，水电出了问题，由哪家牵头抢修？等等一系列问题。很显然，大院内除经参处外，没有一个单位愿意干这个活儿，而且非经参处莫属，因为你是领导机关，其他人必须听你的，而且，经参处内必须安排一位一秘来管这事，因为大院内各公司的经理、副经理都是处级或副处级的干部，如经参处安排一般干部来负责这项工作不合适。

以上就是"中国大院"的来历，经参处为什么和 5 家公司同在一个大院内，以及为什么经参处必须安排一名一秘分管大院工作的原因。

前面讲过，我抵索后，经参处的临时负责人便安排了我的工作，其中有分管大院和专家招待所这两摊工作。后来的实践证明，这两摊中，任何一摊都不像坐办公室那么轻松，特别是大院这一摊。举例说，水和电当中，任何一个出了问题，对大院都会带来直接影响，都需要查明原因，组织力量抢修，刻不容缓。后来随着索形势的不断恶化，三天两头，不是停水就是停电、柴油短缺，大院内有关公司的柴油发电机发电就受到了影响，经常停电，造成深水泵被烧坏，就要停水，每当水电出了问题，组织力量抢修，是刚性的任务……

招待所的客房，本来就是简易的，我到来这个时期，各种设施早已老化，国内来往的客人意见都很大，急需改造。

社会治安日趋恶化，"中国大院"目标大，院内的各公司设备、材料、集装箱、仓库，成了窃贼们行窃、抢劫的主要目标，三天两头"光顾"我大院，要么在院墙处凿洞，要么翻墙进入大院，要么警匪勾结，要么结成团伙，手执木棍、枪械，要么撬开仓库，要么撬开集装箱，愈演愈烈，使我防不胜防，大院内各公司反映强烈，我们所能做的，只有及时向使馆报，找索方交涉，大案要案及时向国内有关部门报告……

以上工作叠加，使我顾此失彼，穷于应付。

新参赞1988年9月到任。新参赞上任做的第一件事是研究处内的分工问题。在此之前的经参处，一位一秘管大院和内部事务；另外一位一秘管费农项目，还兼管招待所和各公司，对于大院和招待所的工作，是两位一秘各分管一摊的。

我讲了个人意见。我来索之前，索马里各方面都较为正常，经参处的人员兵强马壮，即使如此，那时大院和招待所的工作尚且由两位一秘分管。而如今，索马里已处战乱时期，经济、社会治安等都大不如从前，一切都今非昔比，不可同日而语。在此变化的情况下，大院和招待所的工作，仍由我一个人管，我感到压力山大，新参赞已到任，我的意见是，大院和招待所的工作应恢复到以前的分工方法，由两位一秘分管，各管一摊。

最后，参赞讲：今天先不定，以后再定。

过了两天，参赞又召集我们开会，继续研究处内分工问题，参赞明确宣布，我管的两个经援项目，交给另外一位一秘管，我只管5家中国公司、大院和招待所。对此，我提出了自己的不同看法。

参赞听了我的发言后说，今天说的不算数，以后再定。

又过了几天，参赞第三次召开处内干部会议，谈了处内分工问题，一切未变，仍按上次会议所定的办。

看来，大院和招待所的工作，非我莫属了，自此之后，我独自一人挑起了当时经参处责任最重、最为繁重的工作。

索马里北方内战

与我专家组及工程项目有关的城镇：

哈格萨（Hargeisa）：索北方最大城镇，索北方首府。

布劳（Brao）：索北方第二大城镇，我打井专家驻地。

盖比莱：我打井专家的驻地。

柏培拉（Berbera）。

博萨索（Bossaso）。

埃富尔（Eful）。

1988 年 5 月 27 日凌晨 5 时，索北方布劳镇的打井专家给我处来电话：索民族解放运动（"民运"）领导的反政府军突然包围并打死了正在召开军事会议的索政府军 20 余名高级军官，其中包括一名师长和布劳镇警察局局长。

他们在电话中还讲，到×时，警察局还在政府军手里，现在布劳镇大部分已被反政府军控制，炮火激烈，他们都躲在预先挖好的防空洞里，一台钻机被炸毁，窗户上的玻璃被震碎，院墙被击穿了几个洞。他们说，不到万不得已，他们不撤，警察局离他们的驻地很近，还剩下几桶油，他们预先采取了一些措施，总工程师老谭往首都打了几次电话，都打不通，今天他们派了一辆黄河车去首都，由当地司机开，政府军护送，车上有打井队两人，老谭写了一封信，通报了有关情况，预计明天可到首都，他们说，中国人千万不要去北方。……

6 月 1 日上午，中建广西分公司的潘经理来我处告知，他们上午与博萨索电话联系，得到的消息是，布劳的房子有 1/3 被炸掉，今晨哈格萨市也发生了战斗，哈格萨电台已停播。

来首都办事的打井队的张队长着急要回北方，去索航订票，说去北方的飞机已停飞。

下午 4 时，潘经理来我处讲，哈格萨市已被反政府军占领。战斗是昨夜凌晨 2—3 时打响的，今天上午 9 时战斗结束。潘说，昨天上午 9 时，他们收听到英国 BBC 索语广播说，反政府军大约有 5000 人向政府军发起攻击。据说索政府军北方司令摩根已逃到吉普提。哈格萨市的老百姓对占领哈市的反政府军热烈欢呼。

潘听他的当地朋友（他与索政府的许多部长都很熟）讲，反政府武装力量主要是利用西亚德这次去埃塞参加非统组织会议的机会向政府军发起进攻的。

中建广西分公司在北方项目组共有91人。

下午，大使来我处讲，听他的一位当地朋友说，昨晚9：15，BBC报道反政府武装于31日凌晨2时向政府军发起攻击，战斗到约9时平息，不少政府军战士被击毙，有些中级军官被杀，摩根司令失踪，可能已逃往吉普提，哈格萨市已失守。大使的这位朋友说，反政府军是经过长期训练的，他们经过了十余天的充分准备，相当厉害。这次是利用西亚德不在国内和索从埃塞撤军的机会而发起进攻的。游击队的人数，有的人说是1万，有的说是2万。大使说，他这位朋友是某公司的经理，人很精明，同上层有接触，因为是好朋友，才告诉这些情况，一般的人是不告诉的。

大使问他的这位朋友，在北方的中国人的情况。他说，请放心，游击队对中国人很友好，在北方的联合国机构的官员同首都通电话时讲，在那里的外国人的安全无问题，布劳已在反政府军的手里，那里已平静。柏培拉很容易被攻下，反政府军在当地很受老百姓的欢迎，老百姓为他们送粮，博萨索问题不大，埃富尔有游击队，但未行动。

据说，1982年，北方有20名大学生给中央写信，要求南北平等，西亚德不分青红皂白，把20名大学生统统抓起来，全部杀掉。西亚德的残暴行为激怒了北方人，他们开始组织游击队，经过五年的发展壮大，已形成了一支不可小觑的武装力量。

笔者也曾听我们的专家讲，有一次西亚德外出视察，他的车队在公路上遇着两位牧民赶着一群羊，挡着了他的车队，西亚德的贴身保镖下车，二话没说，啪啪两枪，将两位牧民击毙，车队扬长而去。

大使在外交界的一位朋友告诉了他一些有关情况。他的这位朋友说："政府军约有4万人。"大使说这个说法是可靠的。这位朋友说："哈格萨电台被炸，昨天柏培拉到哈格萨的飞机已停飞，从吉普提飞往哈格萨的一架飞机被迫返航。"大使的这位朋友还说："装甲车在大炮的掩护下，开进哈格萨，据说在布劳，有两个营的政府军投降了，师长被击毙，群龙无首，1/3的布劳的房子被炸掉。"

在首都，我们听跟中国人一起干活的当地人讲，听到这些消息后，非常高兴，因为他们的生活困难，人心思变。北方人开的一些商店已关门。听说，抓起来一些北方人。

大使听外交使团的人讲，两名西德人，4 名英国人，由政府军护送，撤到柏培拉，布劳和哈市之间自 26 日开始就不通电话了，哈市是北方首府，若哈市丢了，整个北方就丢了。

我在北方的中国人：哈格萨医疗队 8 人，供水组 9 人，盖比莱打井专家 26 人，布劳打井专家 11 人，中建广西分公司在博萨索、柏培拉、埃富尔等地共 92 人，一共 164 人。

6 月 2 日，大使讲，联合国儿童基金会、开发计划署同美国和西德使馆商定，准备派飞机去哈格萨，把在那里的 163 名外国人和 41 名中国人接回首都，并说此事已取得索北方驻军司令摩根的同意。大使问他们哈格萨的局势怎样，他们说，他们的人在电话中不敢说，至少部分安全。大使说，我们的人非撤不可。

昨天下午，外电报道，盖比莱已被反政府军占领，两个西德人冒着很大危险从布劳撤出。

6 月 3 日下午，打井队的杨、刘、李 3 人乘黄河车从布劳回到首都，4 时向使馆汇报：

他们是 1 日清晨由当地人开车出发的，路上共走了 3 天，冒了很大的风险，他们带回了谭总从盖比莱写回的一封信。

他们说，在布劳，政府军与反政府军是 5 月 27 日上午 6：40 打响的。早饭后，他们的人出去拉水，刚加了半罐，便响起了枪声，听到枪声后，人们纷纷躲到食堂里。这时，一颗子弹穿过窗玻璃，落到饭桌上，60 公分厚的墙被击穿，很厚的钢板也被击穿。

9 时许，一名政府军叫开门，进来几个伤员，给他们的伤口包扎好，他们要了一身衣服和一双鞋。

下午 3 时许，枪声稀疏了，他们撤走，不一会儿，枪声又起。据当地人讲，政府军司令部被端掉，监狱门被打开，放走了犯人，打死了几个大哈（大哈，索语，头头的意思）。

第 2 天（5 月 28 日），早晨 5 时许，战斗又打响，公司的钻机被穿透，留下了一个大洞，院墙被穿透两个窟窿，枪炮声激烈，全是轻重机枪。下午 2 时许，枪炮声缓和下来，一辆黄河车被炮弹击中。

第 3 天（5 月 29 日），上午开战，打了一整天，晚上休战。

第 4 天（5 月 30 日），枪炮声稀疏。大家从防空洞里钻出来，做饭吃，饭后又钻进防空洞。

第 5 天（5 月 31 日），院墙外有几个政府军的士兵要烟抽，送给他们几包。下午 2 时半，同政府军取得联系，公司人去了阵地指挥部。一位大哈说，如果你们不撤的话，不要来回走动，政府军将千方百计地保护你们。需要什么，他们可以提供。给他们送了些大米、白面、白糖，还送给了他们少量的药品。

上午 9：45，公司的黄河车开始出发，开始车速很慢，大约 12 点钟的时候遇到了阻击，是被政府军缴获的开往布劳的装甲车……

6 月 1 日，下榻在加罗韦，那里的学校、旅馆住满了伤病员。

6 月 2 日，下榻在贝莱特温。

沿途凡是当兵的车，哨卡都检查得很严，对中国人的车查得很松，象征性地查一下。

上月 29 日，打井队的当地工人要撤，他们问公司撤不撤，公司说不撤。他们说 30 日将有一场大的战役（打井队汇报到此结束）。

6 月 3 日下午，听我使馆同志讲，索外交部召见我大使，在场有外交部常秘、礼宾司司长和国防部代部长。常秘说：总统要他们见中国大使，通报有关情况。他说，最近索北方的民族解放运动（"民运"）向政府发起进攻，使用的苏式武器，他们是在埃塞接受训练和装备的。27 日他们首先攻打布劳，现在他们已被政府军赶了出去。30 日他们又向哈格萨发起攻击，现也已被击溃，当然还有一些零星的战斗。

常秘说，现在局势已趋于平静，外国人没有必要撤。有些报道，是外电别有用心的宣传。另外，索政府怀疑，这里面有外国人插手，北方过去是英国殖民地，从他们得到的有关秘密情报，对 BBC 的报道，他们表示怀疑，而且媒体关于北方局势的报道都是头条新闻，夸大其词。对此他们提请中国朋友注意。

我大使问他，是否同意中国专家撤离北方。他说，他们没有同意。大使讲，中国在北方有 164 名专家，非常关心他们的安全。大使告诉常秘，在北方有 3 名中国打井专家在政府军的护送下，安全地回到了首都，我们对政府军表示感谢。

常秘最后告诉我大使，今天晚上要召见西方国家驻索大使，进行交涉，质问他们为什么要夸大宣传，特别是英国 BBC，他们采访了索北方"民运"在伦敦的领导人，然后进行歪曲性的报道。

晚，索政府召见西方国家驻索大使、临时代办，向他们通报索北方局势，3 位总理（其中两位副总理）和国防部代部长都出席了。他们讲，政府已控制了北方局势，地方政府能够保证外国人的安全。萨马尔特总理说，我们政府没有同意你们撤，你们为什么要撤？你们派飞机去接人，下边把你们打下来怎么办？你们这样做，影响很不好！他指责英国大使，言辞尤为严厉，说完全是由 BBC 煽动的！

西方大使很不高兴，他们说，撤离是经过摩根司令同意的，你们既然保证不了我们的安全，我们只好自己安排接人。英国大使声言要提出抗议。

他们做了两手准备，先由西德派一架飞机去哈格萨，如不行的话，再从加罗韦派一架小飞机去，先把家属接回，第二步再从加罗韦派一辆大巴，把男人接回。

很显然，索政府很恼火，全世界都知道索马里乱了，索北方内战，导致所有外国人都要从北方撤出，这对索人心的安定很不利。

我们中国人怎么办，撤还是不撤？

大使说，我们是否可采取这种办法——就说在哈格萨的 34 人，我们联系不上，如果他们随着其他外国人一起撤回，我们也没办法。

6 月 4 日，索北方爆发内战以来，国内对我在北方的专家的安全十分关心，6 月 4 日指示我使馆与索有关部门保持密切联系，及时了解情况，取得有关国家的帮助，设法安排飞机或船只，把专家迅速转移到安全的地方，也要同有关国际机构取得联系，在专家转移过程中取得他们的帮助，还指示我驻吉普提使馆，安排好专家的食宿。

晚 8 时，刚从哈格萨回到首都的中建广西分公司在索北方的负责人丁××谈撤离哈市的情况。他说，他同布劳联系过，在那里的中国人平安无事。联合国驻那里的机构属重点保护对象。

中国人在那里的情绪还可以，他们多次开会，要求高度集中，医疗队 2 日就住到联合国大院，白天黑夜都有人敲门，约有 170 名伤病员。

公司在哈市的驻地地势低洼，炮火可见，有 3 人住在工地，看守材料仓库，驻地大门中了一弹。

30 日晨，去见索北方驻军司令摩根，未见到。上午是同我供水组的最后一次联系（该组共 9 人，驻地离哈市约 6 公里的给德布里，战争开始时便同我使馆失去联系）。

31 日凌晨 2：15，战斗从炮轰政府军司令部开始，炮声相当密集，机枪、炮声此起彼伏。摩根司令肯定不在哈市，去向不明。从开战至今，每天都在打，下午 3 时戒严，直到晚上 7—8 时。今天整个哈市断电，现在到柏培拉、盖比莱、给德布里和吉普提的道路全都不通了，到布劳的道路也被封锁。

听美国人讲，反政府军的人数远比政府军多，装备也强于政府军，反政府军的战略和战术很成功。

机场塔台被炸，电台也遭到炮击，哈市肯定还在政府军手里，前几天有100多名政府军哗变，有人说，监狱门被打开，犯人逃走。

反政府军的战术是：首先封锁布劳，切断布劳同外界的联系，第二步是切断柏培拉同哈市的联系，切断供给线，肯定地说，政府军已被反政府军包围。

公司人乘坐奔驰车去机场，医疗队坐联合国机构的车，前面有政府军的车开道，上午9时飞机从哈市起飞，10时飞抵加罗韦。

昨晚，住在加罗韦的意大利的公路基地，基地有足球场，有体育馆。

估计，反政府军取胜的可能性很大。

索政府不想把哈市的伤员运回首都摩加迪沙，是担心引起恐慌。

明天还有37人从加罗韦回首都。

6月6日，下午2时，广西公司同布劳的通话情况：

盖比莱有零星枪声，在那儿的中国人无人伤亡，他们可能要撤到哈市。

布劳：战斗激烈，情况紧急。

广西公司告诉他们：撤离时安全第一，不要担心财产，可走公路，撤到柏培拉。

他们约定明天下午2点再通话。

大使讲，明天跟布劳通电话时，可把使馆的决定告诉他们，要他们尽快地撤离布劳，设备、材料等可交给索人，或交给政府军看管，撤离时不要政府军保护，院墙上可刷上"中国"的标识；要安全地撤，要中国人开车，车上可带一索人；撤离时要给盖比莱那边的人留个话；即使馆决定让他们撤，撤离时要注意安全，我们正在同国际红十字会和联合国驻索机构联系，撤离时请他们给予帮助，可撤到中建广西公司在哈市的驻地，如去哈市不成，可去吉普提，道路坏点没有关系，但一定要注意安全。明天我们将同索方联系，告诉索方我们的人可能要撤到哈格萨，也可能要撤到吉普提，请索方给予保护。

晚9：30，使馆接到索外交部的电话，索政府已通知联合国机构接回的人，限他们48小时离开索，否则，返回原地。

晚9：50，我处接到使馆电话：收到索外交部照会，从北方撤回的外国人，48小时必须离开索，否则回到原地。

6月7日，使馆今天派员去索外交部了解到的情况是，关于索外交部照会要从北方撤回的外国人离境事，不适应于中国。

关于这一点，我政府在给我馆的指示中认为，索方把我与西方国家区别对待，是对我友好的表示，同时指示我大使约见索外交部负责人，应强调中索友好关系，我专家是根据两国政府协议到索工作的，索北方局势紧张，他们无法进行正常工作，不得不撤到安全的地方，一旦局势平静，他们将返回原地工作，如果索方为此要求我专家离索，将不利于两国的合作，望索方从两国友好关系出发，慎重考虑。我政府认为，索在处理外国专家问题上，对我友好，体现了中索两国之间的亲密友好关系，我政府对此表示赞赏和感谢。

国内同时指示我使馆，目前索北方局势尚未恢复平静，使馆仍应关心和重视我专家的安全，如我专家的安全有保证，可暂留在原地，如果要撤出，可考虑撤到就近安全地点，不一定非要撤到首都。

6月10日，我北方打井队的8名专家乘吉普车和黄河车安全回到首都。据他们讲，布劳仍在反政府军的控制之下。

自5月底索北方爆发内战以来，我在索北方供水组（共9人）便同我使馆失去联系，对此，国内外对他们的安危无不牵肠挂肚，想尽一切办法打听他们的下落，下面的一条信息使我们一块石头落地。

我驻吉使馆告诉我们：一位吉普提商人到我馆告，他于20日从索马里北方首府哈格萨经埃塞边境抵达一个叫迪雷达瓦的埃塞城镇，他从这里返回吉普提时，遇见了他的好朋友——索马里反政府组织"民运"的新闻负责人，该负责人请他转告中国驻吉使馆：现有9名中国专家在他们那里，他们想在哈市或迪市将这9名专家交给中方。负责人说，他将于近日给我驻吉使馆写信，介绍我专家的生活、健康情况，并请使馆接回他们，负责人将把信托来往于索、吉之间的商人交给穆，再由穆转交给中国使馆。

24日，国内指示我驻吉使馆继续保持与吉商人的联系，弄清专家的确切情况，对吉商人的帮助表示感谢，如有可能的话，请他帮助直接把我专家接回，指示我使馆与国际红十字会联系弄清9名专家情况，有可能的话，通过红十字会从索"民运"手中接回专家。

我使馆认为：如吉商人能把我专家接回最好，请驻吉使馆弄清专家住址，在安全的地方与"民运"接触。

索"民运"通过吉商人传递我专家信息事，我使馆分析认为：

1. 纯粹出于好意，愿把我专家安全送回。

2. 借此机会，通过与我合作，以显示其力量。

3. 向我做友好姿态，争取我支持，通过交接专家，同我取得联系。

4. 也不排除以专家为人质，迫使我答应某种条件。

6月25日，打井队谭书记（总工程师）乘军用飞机从盖比莱回到首都。上午，他向使馆汇报了他所经历的北方战争的情况：

他说，当地政府和该项目的索方经理让他们不要离开他们的院子，院墙上要刷上"中国"二字。盖比莱的老百姓都跑光了，只剩下中国人了。前天，他们去哈格萨，那里的老百姓也跑得差不多了，抢得很厉害，几乎洗劫一空，目不忍睹，不像传说的那样，整个城市都给炸平了，在那里，我问一位老兵，我们能不能去给德布里，看望一下我们的供水专家，他说不行。州长告诉索方经理："一定要保证打井项目专家的安全，如果中国人出了什么问题，要唯你是问，马上就把你铐起来！"

在哈市的街上，我们遇到了在供水组工作的警察，我们问他在那儿的9名中国专家怎么样，他说没问题，那个地方原来被反政府军占领过，双方都不攻击中国人，中国人在那儿很安全，他们有粮食吃，有水喝。问他们装组长有没有带信来，他们说，回去后给带信来。可自那以后，再未见到那位警察。

谭讲，他们曾专门派了一名跟中国人很要好的当地朋友，背上吃的喝的带上钱专程去给德布里，打听我9名专家的消息，可是那位朋友一去未回。

战斗最激烈的地方是在哈市的北侧、给德布里和盖比莱的三角地带，盖比莱到阿布里（距哈市16—17公里），全是政府军阵地。

7月1日，打井队的谭书记和张队长不顾个人安危，乘军用飞机返回北方，组织专家撤离。

7月8日，我11名打井专家乘军用飞机从盖比莱回到首都，9日下午，谭书记和张队长带领其余的27名专家安全地回到首都。至此，我在北方的经援专家，除供水组的9人外，已全部安全地撤回到首都。

关于索北方战争，BBC在7月3日是这样报道的：

索马里北方局势不明朗：自5月26日以来，反政府的"民运"游击队和索政府武装开战之前，在北方城镇柏培拉和哈格萨的美国和联合国的公民开始撤离，这使摩加迪沙政权十分恼火。6月6日，"民运"说，他们已占领了哈格萨机场，并说机场的控制塔和跑道遭到了严重的破坏，他们还释放了 300 名犯人。

失踪的 9 名中国供水专家

7 月 28 日，原北方哈格萨供水局局长阿里在中建广西分公司经理部讲了有关失踪的 9 名供水专家之事。

他说，15 天前，有一名在供水局工作的工人家属来到首都，这名妇女说 9 名中国专家仍在给德布里，未撤离，但他们是在"民运"手里，他们无伤亡，安然无恙，有吃的，有喝的，生活无问题。

阿里说，前些日子，他也听说有一名中国专家被炸死，他很着急，彻夜不眠，裴组长（我供水组组长）是他的老朋友，他本人是半个中国人，他到处打听供水组中国朋友的消息。

他说，现在从首都到哈格萨的交通已中断，如果要去哈格萨市的话，要绕道埃塞和吉普提。他说，这位工人的家属也是绕道来首都的。

阿里说，现在哈格萨已被"民运"占领，政府军已撤到外围，哈市以南的地方。战斗很激烈，哈市已被夷为平地，市内空无一人。政府军很残忍，不管男的、女的、老的、少的，见人就杀，特别是像他这样的人，如果在哈市，早就没命了。老百姓不是被抓，就是被杀，哈市至少有 1/4 的人口已逃到吉普提。政府军见到房屋就轰炸，但水厂未被炸，"民运"也保护水厂。目前水厂仍在供水，因为有中国专家在那里工作，政府军不敢轰炸，再说，"民运"现在也有了高射炮。他说，如果有人去给德布里的话，他将给裴先生带个信去。

阿里说，现在所有的索马里人都反对索政府，西亚德的统治不会太久了，事情会发生变化的。

阿里说，布劳、柏培拉都已被"民运"占领，谢赫同外界的联系也被切断，美国、苏联从昨天起已停止向政府军提供武器。他说，"民运"的领导人在埃塞。关于 9 名中国专家，可以通过你们驻埃塞使馆同"民运"联系。他说，他的家全被摧毁，家人下落不明，只有一个女儿在首都上大学，他自己是在北方战争爆发前来到首都的。

据广西公司讲：阿里同中国专家合作多年，同我专家亲如兄弟，是中国专家可信赖的朋友，他在北方战争爆发前 20 天被解职，政府命令他 48 小时以内到达首都。

关于索马里北方战争，BBC 在 10 月 14 日作了下述报道：

"一个由 8 人组成的捐助国和外交官代表团参观了索马里北方的几个城镇，这几个城镇在索马里政府军和反政府军"民运"之间的战斗中遭到了严重破坏。

"代表团所看到的北方两个最大城镇哈格萨和布劳，除少数建筑外，几乎全部被夷为平地，他们说：大街上布满了尸体，估计有 1.5 万人被炸死。

"索马里政府呼吁国际社会向该地区提供援助。"

我援索马里北方哈格萨供水项目，是一个技术合作项目（项目建成后，移交给索政府，我大部分技术人员撤离该项目，只留少数几名专家帮助管理该项目，在我经援项目中称为"技术合作项目"）。该项目共有 9 名中国专家，由中建广西分公司派遣，组长裴庆才，54 岁，为广西第二安装公司副经理，他曾于 20 世纪 70 年代末参加过哈市供水项目的建设。1986 年又第二次赴索参加哈市供水项目的扩建工程，时任技术组组长。1987 年年底，他第三次赴索，来到索北方哈格萨供水项目驻地（给德布里）任专家组长。记得他到索时，我刚到索不久，我在经参处只见过他一面，他便离开经参处招待所去工地了，谁知此去竟成永别。

1988 年 5 月 27 日凌晨，索北方突发内战，由"民运"领导的反政府武装力量，向索政府军发动突然袭击，以迅雷不及掩耳之势，突袭了正在召开军事会议的索政府军高级将领，并占领了一些要害地区，包括我供水专家组所在地——给德布里。自此，我供水组全组共 9 名中国人，便被"民运""保护"起来，同我使馆失去联系，长达 3 个多月。在这 3 个多月的时间里，我政府、驻索使馆对他们的安危极为关心，为营救他们想尽了一切办法，我们这些身处第一线的使馆工作人员，包括身处索北方我有关专家组和工程技术人员，为寻找、打听他们的下落绞尽脑汁，夜不能寐，食不甘味。最后，索"民运"中央一位负责宣传的领导人，不知道出于何种考虑，通过一位来往于吉普提和索北方首府哈格萨之间做生意的吉普提商人，捎信给我驻吉普提使馆，说有 9 名中国专家在他们手里，受到了他们的"保护"，他们想请中国使馆把这 9 名专家接走。这位吉普提商人到我驻吉使馆传递了这一消息。得到这一消息后，国内外才一块石头落地。此后我国内有关部门，我驻外使馆及驻国际有关组织、机构的人员，投入了紧张的营救工作中。

在同我使馆失去联系的 3 个多月时间里，供水组全体同志为了躲避战火，在裴庆才的领导下，跋山涉水，出没于深山密林、荒原野岭之间，栖身于荒山野草丛中。饿了，他们以狩猎为生，或向当地人乞讨，渴了，他们喝山涧中的泉水，饱受蚊虫的叮咬，病了没有药品，只能听天由命。他们过着饥寒交迫、贫病交加的日子，度日如年，他们骨瘦如柴，疲惫不堪，艰难的岁月，煎熬着每一个人……

就在苦难将尽，曙光即将出现在他们面前的时候，更大的不幸发生了，大难再一次降临在他们的头上。

1988年8月22日下午接近黄昏时分，他们同无数索难民一起向着埃塞方向转移，在即将穿越埃塞边界的时候，我9名专家乘坐的巴士车右前轮轧上了地雷，一声巨响，他们被强大的气浪抛到了车外……待他们苏醒过来，发现与他们朝夕相处的领导——裴庆才同志倒下了，他们一个个都懵了，稍微平静一点时，他们才发现裴庆才同志已经永远地离他们而去，他们哭啊哭，朝夕相处、同命运共呼吸、同生死共患难的领导、同志就这样离他们而去，他们其他几个人也不同程度地被炸伤，他们忍着极度的悲痛，含着难以抑制的泪水，借着落日的余晖，掩埋了裴庆才同志的遗体，带上了一点领导的遗物，在索难民的帮助下，互相搀扶着，穿过了索埃边界，来到了埃塞境内一个叫迪雷达瓦的城镇，住进了联合国难民营。

汽车触雷被炸死的还有一名当地的孕妇、几名儿童和一名警察……这就是战争！战争就是如此的无情！

裴庆才同志，为了索马里人民的建设事业，为了我国的援外事业，三进索马里，最后献出了自己宝贵的生命，常眠于索马里北方边陲的原始荒原，他将永远活在索马里人民的心中，永远活在中国人民的心中！

在我驻埃塞使馆的努力下，在埃塞外交部和内政部的精心安排下，在国际红十字会的协助下，我8名专家于9月9日搭乘门格斯图的专机，从迪雷达瓦镇抵达埃塞首都亚的斯亚贝巴。我政府特派代表——经贸部副部长吕学俭、广西壮族自治区副主席陈仁（特派代表一行的成员之一）等和我驻埃塞使馆临时代办去机场迎接，在他们胜利回到我驻埃塞使馆时，受到了使馆全体人员和在埃塞工作的我医疗队等的夹道欢迎，并向他们献了鲜花。

9月12日，我8名专家回到了伟大祖国的怀抱。

索马里哈格萨供水组人员名单

姓名	性别	年龄 (约)	职务 (工种)	出国时间	婚否	家庭人口 (约)	来索 次数	备注
裴庆才	男	55	组长	1988 年 2 月 29 日	已	8	2	不含来索考察近半年
吴汉华	男	44	钳工	1988 年 2 月 29 日	已	6	2	
王宰明	男	35	钳工	1988 年 2 月 29 日	已	6	2	
张建业	男	34	电工	1988 年 2 月 29 日	已	5	2	
黄　宁	男	34	翻译	1987 年 12 月 11 日	已	5	1	
张惠强	男	33	司机	1987 年 12 月 11 日	已	5	1	
黄荣富	男	34	焊工	1987 年 12 月 11 日	已	5	1	
朱业文	男	34	钳工	1987 年 12 月 11 日	已	5	1	
涂永奇	男	36	炊事员	1987 年 12 月 11 日	已	5	1	

他为保卫公司财产流尽最后一滴血

1988 年 8 月 6 日深夜，窃贼翻墙潜入"中国大院"后边四川公司院内行窃。正在院内材料设备场地值班的工程师高成封发现后，前往制止，高手执棍棒与窃贼展开了殊死的搏斗。此时，从高背后闪出另一窃贼，向高成封后背连刺数刀，高成封忍着剧烈的疼痛，继续同窃贼搏斗。经理部的同志闻讯赶到后，发现高成封同志已倒在地上，窃贼们早已逃之夭夭。人们赶紧搀扶着高成封送医院抢救，因伤势严重，流血过多，只走出十几米，高的心脏便停止了跳动。

在高成封与窃贼搏斗的现场，人们发现高的两只拖鞋、手电筒、一根断成两截的木棒，以及高留在干燥的沙地上的斑斑血迹……是年，高成封年仅42 岁。

据四川公司同志讲，高成封同志身体很壮，他平常值班时，对小偷很厉害，小偷都很怕他。他逮着小偷后，给予严厉的教训后释放，小偷既怕他又恨他，这次对他行刺是窃贼们对他有准备的报复。

事发后的当天上午，使馆召开了有四川公司领导和使馆有关人员参加的会议，决定紧急约见索政府有关部门进行交涉，指出：中索两国是友好国家，两国人民间存在着深厚的友谊，公开刺杀中国人，这在索马里还是第一次，认为这是一起极为严重的事件，要求索方尽快破案，缉拿并严惩凶手，并要求索政府采取一切必要措施，确保在索中国专家和工程技术人员人身安全和财产安全，保证今后不再发生类似事件。

经贸部有关领导 8 月 8 日约见索驻华大使，向其表示：中国政府对高成封遭窃贼刺杀身亡，感到很遗憾，中索两国是友好国家，希望索政府采取必要的措施，不要再发生类似事件。索驻华大使表示，索政府会严惩凶手，相信此事不会影响两国的友好关系。大使代表索政府向高成封的家属表示哀悼。

我使馆、四川国际公司驻摩加迪沙经理部于 8 月 7 日在索首都警察医院为高成封同志举行了隆重的遗体告别仪式，我临时代办、经参处的同志、四川公司经理部的领导和有关人员、索有关部门的高级官员出席了遗体告别仪式。之后，又护送高的灵柩到在索已故中国人埋葬在首都的公墓，举行了隆重的安葬仪式，在送葬途中，高的灵车缓缓地行驶在送葬车队的最前头，后面紧紧跟随的是我临时代办的车、经参处的车、四川公司的车，以及索方有关部门的车……依次随其后，共 20~30 辆车。长长的送葬队伍缓缓地行驶在首都摩加迪沙的街道上，道路两旁站满了观看的人群，他们默默地目送着高成封灵柩的车队远去。

在索马里已故中国人的墓地坐落在首都市郊一居民区内，这里葬有 11 名因车祸等原因而死亡的中国人。（笔者在索工作期间，根据我有关人员的意见，向经贸部申请了一笔专项费用，对墓地进行了修缮）

巴洛温农场 10 名中国农业专家免遭厄运

我援建的索马里巴洛温水稻农场，位于索马里第一大河谢贝利河（全长 2000 余公里）的下游，距首都摩加迪沙约 150 公里，离首都通往索北方的门户——乔哈镇不远。项目始建于 20 世纪 70 年代初，于 80 年代初建成并移交给索政府，之后便进入了技术合作阶段，我只派少量的专家进行技术指导。项目规模不大，约 2000 公顷。

项目由农业部承建，具体实施单位为河北省芦台农场，专家由他们派遣。现在的组长是胡祝辉，全组共 10 人。

80 年代末，已是执政近 20 年的西亚德政权的后期，各种矛盾加剧，经济困难，老百姓食不果腹，政府官员贪污现象严重，人心思变。受其影响，我援建的项目，特别是农业项目，遇到了越来越多的困难，诸如资金缺乏，零配件供应不上，缺少生产资料，留不住当地工人等。我援建的巴洛温农场同样地遇到了这些问题。一个好端端的农场已举步维艰，为数不多的几个中国专家，手大怎能遮住天？他们不得不整天待在大田里，与当地朋友并肩战斗。1988 年索北方内战爆发后，这里又增加了一层不安全感，小股游击队不时地到这里进行骚扰，我专家的生命财产受到严重威胁。

1990 年 9 月 18 日晨，我处接到了巴洛温农场的告急电：

两天前（9 月 16 日），离巴农最近的城镇马哈代尔（距巴农约 10 公里）发生枪战。据我们了解，军方死 5 人，游击队死 3 人，当地政府正在疏散妇女和儿童，形势一触即发。17 日军方来我场搜索，驻我场的索方官员已逃离现场，我组派往马哈代尔拉水的拖拉机被抢，我专家的人身安全和生活用水受到威胁，如拉不到生活用水，我们在此无法生活。为此，我组拟暂时撤离到经参处招待所。当否，请告使馆并商索农业部后尽快告知我们。

以上特此报告。

巴农专家组长　胡祝辉

1990 年 9 月 18 日

上午 8 时，我（参赞已于两个星期前因故回国，处内工作临时由我负责）和王粤（二秘，英文翻译，分管巴农项目）去使馆，就巴农告急事，向大使作了汇报，当即决定：

1. 王粤立即去索农业部就此事进行交涉。

2. 王粤由我专职司机开车前往巴农，看望慰问专家，并了解相关情况。

下午 5 时，王粤从巴农回，将去巴农所了解的情况向使馆做了汇报。巴农一带是政府军和游击队拉锯地带，这次是游击队到农场去强行要粮食，骚扰了一阵后离去。专家组生活用水用拖拉机到乔哈去拉。

9 月 19 日，巴农跟我处通话时告：那里无什么特殊情况，胡组长代表全组向使馆和经参处对他们的关心表示感谢。

随即，我即将上述情况向国内作了报告。

后经贸部在回电时对巴农技术组在严峻的形势下，坚守岗位，克服困难给予了表扬，并请我处以经贸部的名义向技术组表示慰问，还特别指示：在专家安全受到威胁的情况下，专家组可暂时撤回首都，并要求使馆协助技术组做好应变的准备。

10月7日，使馆召开会议，专门研究巴农撤与不撤的问题，我处由我和王粤出席。会议一开始，先由王粤介绍了巴农最近的情况：巴农附近的马哈代尔镇是政府军和游击队的拉锯地带。巴农生活用水唯一的一眼水井已干涸，一年多以来，他们的生活用水都是用拖拉机到附近的马哈代尔去拉（用钱买）。9月18日，他们派去拉水的拖拉机被武装分子抢走，他们的生活用水遇到了困难；另一个突出问题是油料问题。巴农的水稻灌溉用水，洪水季节可自流灌溉，旱季则需要提水灌溉，索方答应10月上旬供油，可至今仍无消息。没有柴油，怎么提水灌溉，生产怎么维持？我专家没有水喝，生活怎么维持？所以，该项目目前除安全问题外，还存在这两个亟待解决的问题。据联合国的官员讲，巴农附近的乔哈地区，外国人已全部撤走。

王粤讲完了以后，我讲了个人的意见。我说，关于巴农撤与不撤的问题，我曾和巴农的专家组长交换过意见。我们的意见是临时撤到首都，以防不测，专家组长听当地人讲，反政府武装力量要抓中国人做人质，以此向中国政府施压，迫使其放弃对西亚德政权的援助。此时此刻，我不禁想起两年前，索北方突然爆发内战，我在那里的供水组9名专家全部落入反政府军手中，后经国内外多方努力，他们才得以获救（其中专家组长因汽车触雷而牺牲）。谁愿看到类似事件的再次发生？现在索形势的发展对我们中国人极为不利。两年前，索北方内战爆发时，无论是政府军还是反政府军，对中国人都是友好的，据当地人讲，"双方都不打中国人"，反政府的"民运"领导人讲："'民运'同中国专家同命运共呼吸，尽力保护中国专家（笔者：指落入他们手中的9名中国专家）的安全。"可是现在是什么情况？反政府组织及少数索老百姓对中国不理解，认为中国政府在援助西亚德政权，帮助西亚德政权镇压他们，所以对中国政府不满；在大街上出现反华传单，有的索人甚至扬言要绑架中国大使；最近在大街上发生了我公司人员遇刺事件（10月3日，四川公司一技术人员在街上遭歹徒袭击，被砍数刀，经我医疗队抢救脱险），所有这些都说明目前形势对我是不利的。试想，在这个时候，如果我专家再落入反政府军手中，会是怎样的命运？此时，不但我巴农所在地不安全，他们来往于首都的路上也很不安全，况且，他们的生活用水、生产用油料都遇到了困难。因此，我的意见是专家临时全部撤回首都，而且要尽早地撤。

会上个别同志不同意撤，认为我专家一撤，就意味着项目的垮台，这会影响到两国的友好关系……

10月18日，我馆根据国内指示，约见索农业部，向其说明，鉴于目前巴农地区的治安形势，考虑到索方官员已撤离现场，该项目目前已丧失生产和生活条件，为了确保我专家的人身安全，决定将我专家暂时撤到首都，待治安形势好转后再返回农场，希望索农业部速派人去农场看管生产资料，办理交接手续。

10月21日，我处安排王粤、我处的专职司机、招待所管理员和费诺力农场（我援索的另一个大农场，在索南方）常驻首都的办事员等前往巴农，帮助我援巴农全体专家撤离农场，于下午4时，我人员全部安全地回到经参处招待所。

11月23日，巴农胡组长告诉我：听原在巴农工作的当地朋友讲，昨天乔哈地区发生了激烈的枪战，巴农也遭到了游击队的洗劫，60吨大米和数吨稻谷被抢走，我专家的卧具被抢，屋顶上的石棉瓦被揭走，轮式拖拉机被开走，履带式拖拉机的零配件被拆走，正在生长期的水稻被放牧，在场的索方经理遭殴打，子弹擦他的头皮而过，腿被子弹打伤，游击队边打边问他："中国人到哪儿去了？他们的电台在什么地方？"得到的答复是"中国人全部回首都了"。

该组在《1990年工作简报》有其中两段相关的报道：

"11月21日，中国专家组撤出后一个月，有三四百名游击队突然袭击巴农，他们抢走了中国专家组和农场的生活物资、现金、粮食、机械设备，破坏了机器房舍，接着附近农牧民上千人把农场洗劫一空，连房顶的石棉瓦也拆去了，游击队殴打索方经理，并追问中国人到哪儿去了？有的同志说，幸亏我们的人撤了出来，否则后果不堪设想！"

"由于使馆和经参处及时采取措施，加上平时工作，在不安全的大局中求得了同志们的人身和财产安全。为此，专家组全体同志衷心感谢驻索马里使馆经参处的领导，是他们的及时决策避免了巴农专家组的10位兄弟免遭厄运，请求有关上级领导给他们记一功。"

风云飘摇中的西亚德政权

为了应付 1988 年 5 月的索北方战争，维持其摇摇欲坠的统治，西亚德政权不得不倾其人力、物力、财力，全力以赴，使索濒于破产的经济雪上加霜，此时国库空虚，人民苦不堪言，各种反政府势力乘机不断发展壮大，已向各地渗透，向全国蔓延，有的已渗透到首都。

1990 年 7 月 16 日晚 9 时 55 分，我使馆大门外右边的橱窗遭到了炸弹袭击，炸弹爆炸威力之大，使馆院内三层楼房的玻璃被震碎，幸无人员伤亡。次日，我大使紧急约见索外交部长，进行交涉。

使馆认为，此次爆炸，目标明确，是针对我使馆的，是索反政府组织所为，意在破坏中索友好关系。索政府尽管对我友好，但此时已力不从心。

此次爆炸事件，引起了我使馆高度重视，部分索人对我不满，他们还散发反华传单，还听说索有人声言要绑架中国大使。这说明，个别索老百姓对中国不了解，误认为我国支持西亚德政权。

种种迹象表明，反政府组织已渗透到首都，索形势在继续恶化。

7 月 6 日，国家体育场举行洲际足球赛，老百姓早已对西亚德政权不满，借此机会高呼反西亚德口号，警察向群众开枪，发生了流血事件，死伤数人，在我使馆 16 日发生炸弹爆炸前，美国驻索使馆也曾发生过爆炸。索警察局、电话局附近也发生过爆炸，索农业部聘请的清华大学水利顾问沈教授讲，他听农业部官员说，摩市警察总署和欧洲共同体驻索总部都发生过炸弹爆炸。

大使在谈到索形势时说，从经济上看，过去一年虽然困难，但都过去了。今年不同，形势急转直下，他特别谈到了我"中国大院"，认为这里目标大，里面堆满了我各公司的设备、材料，要做些防范工作，如形势进一步恶化，老弱病者先撤回，各公司完成的项目要尽快撤出。

7 月 26 日，在谈到索目前形势时说：为缓和国内矛盾，西亚德最近采取了一些措施，释放了 45 名"宣言"签字人；召开了特别部长理事会；明年 2 月举行大选；外交部长分别接见了各国驻索大使，向他们通报了索目前形势；准备实行多党制，希望得到国际援助。

索国内矛盾全面激化，同反政府组织的谈判毫无进展，各种政治派别纷纷登场，百余人的"宣言"签字运动就是在这个背景下发生的。"宣言"签字人被释放时，人们热烈欢呼，数以万计的人走上街头，高呼打倒西亚德的口号，于是便发生了6日在体育场的流血事件。

西方国家停止了对索的经济援助，使索经济形势更加恶化。政府发不出工资，政府工作人员不得不谋第二、第三职业，失业率很高，政府机构处于瘫痪状态，老百姓食不果腹，每天只能吃上一顿饭，盗贼蜂起，导致了社会治安进一步恶化，我"中国大院"三天两头遭抢劫，政府部门的高级官员月薪仅10美元，而他们的生活费却要高达200美元，怎么生活？只能通过各种途径敲诈勒索。政府官员贪腐现象严重，他们不断地向我中国公司索要建筑材料，要我公司给他盖房子、建别墅……

在这方面，笔者有深切的体会和感受。我援索最大的经援项目的专家组长告诉我，索方派驻农场的经理讲："经援项下的设备材料都属索马里，我总经理有权调动！"

另一位组长讲：索政府在我们农场里安排了250名难民，规定每人给他们两公顷地。这些人在那里根本就不干活，一切都是农场给他们干，他们躺在农场身上；在农场的索方官员根本就不干事，难民到了农场，没有吃的，没有住的，政府原本告诉他们到了那里会如何如何地好，可是到了那里一看，不是那么回事，他们与索方官员发生了矛盾，矛盾越来越激化，甚至要动手打索方官员，他们与索方官员的矛盾很快就发展到了与中国人的矛盾，我们中国人尽力不参与，可是，没有中国人，他们什么也干不成。

我们同索方官员的关系越来越难处，他们不是要设备就是要材料，而且胃口越来越大，除了向我要这要那外，其余什么事也不干；另外索方官员之间的矛盾也异常尖锐，无非是你拿多了，他拿少了。

索方驻农场主席不去还好，他去了更麻烦，他拿走10吨钢材，很多张铁皮，10吨大米。

偷盗现象严重，8月21日，盗走了21个轮胎，现在不是偷，简直是在抢。

他说，这个农场能否长期办下去，我很悲观，早撤早好，否则我们是无偿援助，官员贪，工人不干活。

这就是当时我们专家反映的索驻农场官员是如何敲诈勒索的。

大使讲，索人心涣散，人心思变，高官及有钱人的家属纷纷逃往国外，到苏联使馆办签证的索人排长队，拥挤不堪。索先令大幅贬值，黑市美元同索先令的比价为1∶2800。

西方的施压，内部矛盾的尖锐，迫使西亚德采取改革措施，试图将反对派纳入改革轨道，以得到国际上的谅解与支持，获得外援。西亚德采取的这些措施有效吗？答案是否定的。相反，反对派的要价更高了，他们在首都设有地下办事处，不时地制造爆炸事件。

对西亚德的上述改革，上层有分歧，导致形势进一步恶化，局势更加动荡。有人说，西亚德政权最多能维持到10月份，有的则认为还能维持一年。

大使认为，西亚德政权不会马上垮台，其原因是：反对派联合不起来；军事方面，未发现有分裂迹象；领导层中还找不到接班人。

三次我公司人员遇刺事件

（1）1988年8月6日夜，我驻"中国大院"四川公司工程师高成封值夜班，索一窃贼潜入大院四川公司材料场地行窃，被高发现，高与其搏斗，不料另一窃贼从背后猛刺数刀，窃贼逃走，高身负重伤，当场死亡。（详见笔者所写《他为保卫公司财产流尽最后一滴血》）

（2）1990年10月3日（中秋节），四川公司海港组管理员沈家柠乘车上街采购途中，被索方歹徒刺成重伤，当即送贝纳迪尔医院进行抢救，我医疗队全体同志投入了紧张的抢救工作，他们成立了临时抢救小组。在抢救过程中，发现沈全身共有16处伤口，头部、颈部、腹部、右上臂、右腿下侧均有伤口，未发现有致命伤处，因失血过多（2500cc），当时处于休克状态，后经全力抢救脱险。

我使馆当即将该案件电报国内，认为这是一起针对中国人的严重事件，使馆立即向索外交部进行交涉，要求索方捉拿并严惩凶手，也要求我人员提高警惕并制定必要的规章制度。（详见笔者《鲜血凝成的友谊——记中索两国人民抢救我受伤援外人员》，载1991年11月21日《国际商报》）

（3）1990年12月2日（此时已是索首都爆发大规模内战的前夕），中建广西分公司的材料员冯瑞云上街采购，他从商店出来时，一歹徒要抢他的车，要他交出车钥匙，冯对歹徒讲："中国人和索马里是wararu（索语"兄弟"之意）。"歹徒讲："我要开枪打的就是wararu。"说着便向他开了枪。冯当即被送到我医疗队工作的贝纳迪尔医院。我们赶到医院时，发现他已躺在手术台上，准备手术。经检查，冯左手中了一弹，尚在流血；一子弹从右臀部斜穿过，左臀部中了一弹，子弹尚未取出。

了解到此情况后，使馆当即向国内报告，并照会索方。

此时，索首都形势已日趋紧张。

据了解，当日共有24辆吉普车被抢，仅联合国机构就有4辆车被抢。

这天上午，江苏公司一辆外出拉料的车离首都 100 公里处被抢走。

晚 9 时 15 分，首都发生枪战，数百人伤亡。

我援费农驻经参处翻译小范讲，昨天他们的司机从费农来首都，在布拉瓦处遇上枪战。

也是在昨夜，经参处单身宿舍一空调被盗走。

一个国家治安情况的好坏，是判断一个国家政权稳固与否的晴雨表，索马里的情况尤其如此。

自 1990 年 7 月 16 日我驻索使馆遭炸弹袭击后，索马里的治安情况每况愈下，日甚一日，人们由此判断，西亚德政权的末日已屈指可数了。

随着索社会治安情况的不断恶化，我大院的治安情况也日渐恶化，大院内各公司几乎每天都要发生被盗、被抢劫事件。我分工负责大院工作，不敢掉以轻心，每一次盗窃事件，我都一一记录在案，向使馆汇报，有的还要向国内报告。现将其要者摘录如下：

1. 1990 年 8 月 2 日，窃贼预先踏好点，深夜 2—3 时，驾驶 2 辆皮卡车，驶入我大院，如入无人之境，径直驶向四川公司一仓库，盗走数箱玻璃及其他一些材料，似这种方式行窃，已是连续第三个晚上了。

2. 9 月 22 日夜，四川公司海港组仓库被盗，65 桶漆被盗，价值 6500 美元。在此前夜，4 个蒙面人携带武器潜入院内四川公司驻地，把正在值班的刘××按倒在地，幸亏同刘一起值班的当地人把中国人喊来，把窃贼赶走。

3. 9 月 23 日上午 9 时，江苏公司一 15 吨翻斗车在离首都 5 公里处，4 个蒙面匪徒携带武器，其中包括火箭筒，强行把司机推下车，将车连同车上所拉的石子抢走，同时还抢走 20 万先令现金。

4. 1990 年 9 月 26 日上午，四川公司汪经理及其他两位同志来处，汇报今夜 2 时 20 分发生在大院内海港组宿舍遭抢劫的事件——共有 5 名当地歹徒，其中一人为蒙面人，翻墙进入海港组基地院内作案。歹徒首先把中国人的 3 间宿舍封住，我人员发现后大声喊叫，歹徒发现哪个房间有中国人出来，谁喊叫，就用石块砸谁的房间玻璃。歹徒要往房间里冲，我人员便奋力把门顶住，于经理的肚皮被飞溅的碎玻璃划破，他们的嗓子都喊哑了，一直闹腾到 4—5 时，歹徒才离去。

同志们情绪很不安，现在已发展到持枪械往我中国人房间里冲的地步，中国人的生命财产受到了严重威胁，保卫财产的手段全用光了。在完全丧失安全的情况下，同志们一直要求使馆照会索方。

索首都爆发内战

进入12月份以来，索首都治安进一步恶化，形势日趋紧张，种种迹象表明，一场大战即将来临。

12月5日凌晨1时30分（北京时间6时30分），我中央人民广播电台关于索马里局势是这样报道的："据开罗消息，索反政府军已打到索首都30公里的地方，首都一片混乱。政府正在组织力量进行反击。政府和反政府武装组织本月12日在开罗谈判。"

上午，我去机场接人，在机场遇见土耳其使馆一秘，他讲，昨夜索外交部非洲司司长在家中遇刺身亡。

12月9日，广西公司讲：今天下午联合国驻索机构有100余名家属撤离，该公司已中止了麦尔卡供电项目，人员全部撤回；他们承包的朱巴饭店维修项目也已中止，42人本月12日回国。

江苏公司讲，昨天菜市场附近有100多人被打死。他们公司雇当地人给他们买菜。

当地首都警察头头梅尔西下午讲：我大院地处最危险地区，应撤到市中心，他们愿派警察保护我们。

12月10日，BBC早晨广播：美国务院要求在索的美国公民全部撤离，使馆人员也要精简。报道还说，最近索首都抢劫杀人事件不断发生，进入12月份以来，已有20余人被打死，有的报道说被打死的人不止这个数字，农村地区还在打内战。

12月26日，凌晨1时30分（北京时间6时30分），中央人民广播电台新闻联播报道：新华社内罗毕消息，索马里反政府武装力量与政府军前天在首都和机场附近发生激战，反政府武装力量被政府军击退。报道说，反政府武装力量已打到离首都摩加迪沙30公里的地方，外国人纷纷撤离。

上午，中水公司收到国内总部电传，要他们做好安排后尽快撤回国内。

经参处隔壁烟厂财务经理马林上午来我处告，因晚上不安全，要求把明晚7时我参赞宴请该厂总经理的时间改为12:30—1:30，因为现在索政局混乱，晚上外出不安全。

马林还告：索警力不够，有经验的军人都投降了反政府军，现役军人多是年轻的。他讲，昨晚烟厂附近有 2 名警察被打死，一辆汽车被炸毁，晚 6 时后他们就不出门了，所有商店下午 6 时后都关门，以免被抢。

与我经参处一墙之隔的烟厂，是我援索最早的项目之一，虽然早已建成移交给索方，中国人全部撤离，但我们还一直保持着友好关系，每当水电发生事故，我都派人去帮助检修，他们和我大院用的是同一路电和水。

12 月 30 日凌晨 1 时许，经参处和招待所的几条狗狂吠不止。早上发现，招待所已改造好的 7 间客房全部被撬开，里面的地毯、卧具、桌、椅、电风扇等全部被盗走，这排客房是改造完后招待所最好的客房。

下午 3 时 15 分，我大院附近响起枪声，越来越密集、激烈。经参处原定于下午去使馆传达文件，不得不取消，枪声一直持续到 6 时。

12 月 31 日，使馆开会，根据急速变化的形势，研究决定了使馆第一批撤离人员。

下午 3 时，枪声又逐渐激烈。BBC 讲：昨天索马里首都摩加迪沙反政府军同政府军展开了激烈的战斗，约有 20 人被打死。战斗集中在总统府附近。过去一段时间，双方一直在不断发生冲突，有一名政府高官被打死，战斗仍在继续。

1991 年 1 月 1 日下午 2 时，四川公司海港组崔总和使馆刘司机冒着激烈的枪声去机场，乘苏航回国。

3 时 5 分，政府军为追击游击队而冲进了我大院，双方在大院后边四川公司堆放设备和材料的场地发生了激烈的战斗，各种枪声响成一片，时间持续约 15 分钟。

此时此刻，我正在宿舍，听到外面响起了急促的枪声，赶紧抓起桌子旁边的一把木椅子扣在头顶上，以防不测。

我们经参处宿舍是新建的二层楼房，墙体为水泥沙砖，屋面为石棉瓦，与大门口不足 50 米。政府军往院内冲的时候，边冲边开枪，在我们宿舍楼面向大门的墙体上留下了累累弹痕。

5 时，从招待所的方向传来了噼噼啪啪的声音，很快有人来告：紧挨着招待所食堂旁边广西公司的仓库失火了。这个大院内的中国人顿时都动了起来，冒着断断续续的枪声，进行救火。火借风势，风助火威，霎时间，火光冲天，浓烟滚滚，庆幸的是，这个季节刮的是东南风，仓库的西北边是一片无人居住的空地，如果风向相反的话，风朝着经参处方向吹，就麻烦了。仓库的右侧是广西公司的总部，是他们的办公室和宿舍；左侧是招待所的食堂和库房，因断电，没有水，大家只得奋不顾身地把广西公司宿舍内及仓库内的文件和重要资料，以及招待所库房内的物资抢救出来，不一会儿，索方派来一辆救火车……约半个钟头的时间，整个仓库化为灰烬。

1月2日上午7时，英国BBC报道：索马里政府军和反政府军经过三天激烈的战斗，索马里联合大会（反政府武装组织——笔者）讲，他们已控制了首都大部分地区，电台、电视台也在他们的控制之下。但索政府直至昨晚12时还在广播。西亚德去向不明，究竟谁占上风，一时尚不清楚。

意大利政府准备派运输机去索马里接回其300余名侨民。

上午，大使通过对讲机要我报一下大院内中国人的人数，以报国内派专机来接。

统计结果：共65名中国人，经参处9人，四川19人，广西22人，中水2人，江苏3人，成套2人，招待所3人，费农2人，巴农3人。

大院附近的枪声持续不断。

经参处全体会议：要求做好撤离的准备，能带走的设备尽量带走，销毁无用的机要文件，1989年以前的账目销毁，1989年以后的保管好。

中午12时20分，我正在宿舍内打行李箱子，突然一声震耳欲聋的巨响，一颗炮弹在我们宿舍楼与大院大门之间的路边爆炸，炸出一个2米见方的大坑。路旁一棵大树的树头被削去一半，路一侧四川公司的水泥砖院墙炸成一个大洞，留下来许多弹孔。离大门60米远的招待所食堂墙壁被飞来的弹片穿透，几张餐桌上留下了许多水泥砖的碎块，幸好在食堂用餐的人刚刚离去。

我处正在食堂吃饭的司机听到巨大的爆炸声，应声卧倒在地，正在吃午饭的参赞听到爆炸声后，立即走出食堂，高声喊叫我的名字，因为当时只有我一个人尚未去食堂吃饭，担心发生意外。

下午，枪炮声密集，医疗队报告：他们驻地附近集结了许多士兵，搞不清楚是政府军还是反政府军。

不一会儿，他们又告急，他们唯一的一辆大轿车和英吉普被抢走，士兵们用枪逼着他们，要他们交出车钥匙，大使告诉他们："给他们!"医疗队的同志看到士兵在他们驻地周围挨家挨户搜查。

商务处的同志也来电话讲，下午机场附近战斗激烈，他们看到许多伤员被抬着从他们门前经过。

农历十八的夜晚，皓月当空，之前交战双方似乎预先有什么协议，白天开打，晚上休息，自开战以来一直如此，今晚似乎有点例外，已是10时30分，远处仍有稀疏的枪炮声。

四川公司的同志讲，白天看到在院墙外边不远处士兵在抢劫……

为了安全，我们住在楼上的同志，又都搬回原来的单身宿舍（平房）。

1月3日，清晨，远处又传来稀疏的枪声。9时20分，大院左侧枪声激烈。

10时30分，中水公司刘经理来我处讲：军队士兵砸开我大院大门，要抢他们公司停在院中的车（一进大门的左侧是他们的公司，右侧是江苏公司），驻大院的警察不错，先是把守大门不让士兵进，后又劝说他们不要抢。该警察告诉他们：车辆是中国援建索马里的财产，不能抢走。士兵不听，双方几乎发生火并，士兵推车，发动不着，便把车玻璃砸碎，随后四川公司的同志也来劝说他们，他们走了，又去江苏公司的院内抢车，因无车钥匙，便把他们的一辆小轿车的玻璃砸碎。他们走后，警察又把大门关上。

刘讲：听当地人讲，机场附近较平静，商店还开门，可否派人去联系包机。他说，交战双方正在重新部署兵力，如果要撤的话，现在是个机会，政府军要派增援部队的话，我们这一带是必经之地，属危险地区。

参赞告诉刘：使馆正在同国内联系派专机，国内尚未答复，如国内不同意，我们只能自己冒险去联系。

上午，费农告：他们派人去基斯马尤港（我在索南方的农业专家要撤的话，基港是必经之地）联系的结果是——

机场：跑道宽40米，长3500米，降波音707没有问题，机场负责人讲，他们随时可与首都取得联系，但要动用机场的话，需同外交部、国防部和内务部联系，要征得他们的同意。去港口的路上安全，但增加了两道岗哨，目前正在挖工事。

基斯马尤港的情况：

有一条装载香蕉的意大利船，今天已驶往摩加迪沙，明天还返回基斯马尤港。办理乘船的手续繁杂，我专家能否乘该船离开，请使馆与意大利使馆联系。另，望与蒙巴萨港联系，可否请其派船来马尤港。

11时，商务处告：他们的车被抢走，他们与使馆联系不上，后又告车未抢走。

下午5时，收到国内电告：国内正在联系派专机或船只接回我人员。

英国BBC报道：反政府武装响应西亚德关于停火的建议。反政府的联合大会驻开罗的发言人说，在西亚德离开索之前，不停战，但可暂时停火。报道还说：自星期一摩加迪沙发生战斗以来，已有数百人伤亡，摩加迪沙电台报道，人们在到处逃难，有的面临饥饿；美国要求其驻索使馆人员全部撤离；意大利正在安排专机和停泊在海湾的船只去索接回其公民，德国有 30 人在等待撤离。究竟谁占上风，情况尚不明朗。

1 月 4 日，清晨一大早，摩加迪沙市仍沉浸在雾霾中，我在院中听见远处飞机的轰鸣声。发现在机场附近的上空，有一架大型飞机在低速飞行，发出了沉闷的轰鸣声。莫非这就是 BBC 所说，意大利正在安排专机来索接其公民？这就是意大利的飞机？飞机低速飞行了几个来回后，便没有再飞回……

上午 7 时，BBC 报道：反政府武装和索政府呼吁国际社会提供紧急援助，包括食品、药品等。由政府控制的电台播送了西亚德总统结束摩加迪沙战争的呼吁，他说，如果国际社会不提供援助，许多人会被饿死。联合大会讲，国际社会的援助应直接给索马里军队的受害者。外交界的消息说，昨天炮声仍在继续，但是，据一些昨天乘专机抵达内罗毕的索马里人讲，战斗已平息下来。美国当局讲，他们的公民将在安全时首先撤离。另外一些国家也在计划撤离他们的公民。

商务处的同志讲，一位与他们关系密切的当地朋友讲，昨晚 11 时，西亚德命令政府军停火，回到兵营，并要人们提防继之而来的抢劫。

上午，枪声稀疏，到 11 时，双方又开战。

中午，稍微平静。下午 4 时，枪声又在大院前响起。

经参处的全体同志把准备运走的重要物品装好箱子，笔者记得最清楚的是，其中有陈年茅台 210 瓶，至于说泸州大曲、五粮液等名酒，数量不详，最后撤离时，一瓶也没带回，全部留在那儿……

下午 4 时 20 分，枪炮声不绝于耳，种种情况表明，不像是停火。

自战争爆发以来，我们养的那几条忠诚于我们的小狗被吓破了胆，一听到枪炮声，吓得连声音都没了，叫不出声，最后找一个"安全"的地方躲了起来，不见了踪影。

下午 4 时 40 分到 5 时 1 刻，爆发了激烈的枪炮声，几只可怜的小狗又无影无踪了。

没有经历过战争的人，不知和平的珍贵，整天不断的枪炮声，着实让人心烦。为躲避枪弹，我们不得不一会儿躲到房前，一会儿又回到屋后，一会儿坐在小凳子上，一会儿又坐在房前门口的台阶上。此时此刻，我们都豁出去了，听天由命了。

下午 5 时，医疗队告急：士兵（不知是政府军还是反政府军的）已进到他们的私人房间，抢东西，到处搜，他们的行李和物品及护照被抢走。

此时，离医疗队不远的商务处同志也告急：数名架着机枪的士兵进到他们的院内。在此之前，给他们看大门的当地朋友告诉他们：躲到房间里面，不要发出声音，一切由他们来对付，如果他们被问的话，他们就说"中国人都走了"。

这时，全副武装的士兵冲进他们的院内，乱喊乱叫，我们的人都早已躲进自己的房间里去了，紧紧地把门关上，士兵们敲他们的门，没有回应，又到院内抢车，因无钥匙，将玻璃砸碎。之后，他们又第二次回到楼内，继续敲门，企图抢东西。敲了半天，不知哪位中国人忍不住了，在房间应了声"yes"，士兵们并未听见，以为真的房内无人，又走了。

大使接到他们的告急电话，同参赞研究决定：由经参处立即派车去医疗队和商务处，把这两处的同志全部接到经参处招待所。

经参处王粤（二秘，翻译）自告奋勇，他说："我当过兵，受过一定的训练，又懂英语，由我开车去把我们的人接来。"

傍晚，王粤独自一人驱车前往医疗队和商务处接人。他先到我大院右边隔壁的索民兵司令部请求他们派人和他一起去接人。民兵司令部的人讲，现在战斗正激烈，出去很危险，建议明天清晨去，并让他也留在司令部，明早他们一起去接人。王知道，此时多待一会儿，我们的人就会多一分危险。于是王对他们说："我也是一名军人，曾当过15年兵，知道一个军人的职责是什么，那就是不怕死！"司令部的人听王粤说他当过兵，对此很感兴趣，忙问他是什么军衔，王答是少校。他们听后，带着崇敬的目光立刻给王行了一个军礼。王紧接着说："如果你们怕死不去，我一个人去！"

王的激将法起了作用，刺激了索军人，于是他们当即派了4名全副武装的军人，同王一起去接我们的人。此时，王粤没有忘记将所带的30万索先令塞给索军人。

晚7时许，商务处5人、医疗队19人安全地被接回"中国大院"经参处招待所。

中国人撤离索马里

1991年1月4日深夜，使馆接到消息：专程前来接我在索首都中国人的"永门"号货轮已停泊在摩加迪沙港附近的公海，另一艘"鞍山"号货轮抵达索南方的基斯马尤港，接那里的 100 余名中国农业专家。

1 月 5 日，是索首都爆发内战的第 7 天。

上午，我处王粤同商务处的一秘去索有关部门办理我人员撤离手续。通过商务处一位当地朋友的关系，见到了索外交部副部长，得到了索国防部部长同意中国人撤离的手令：同意在首都的中国人和在费农的中国农业专家分别从摩加迪沙和基斯马尤港撤离索马里。

晚 7 时 30 分，参赞召集大院各单位负责人会议，研究明天撤离的具体安排：

晨 4：30，准时起床，往车上装行李。

大院共 17 辆车，我负责经参处、招待所和公司的物品及个人行李的装车和卸车，装船和到蒙巴萨港口后的卸船等。

在首都的中国人，除了留守使馆的 4 名人员全部撤离（使馆 18 人，大院共 65 人）。

明天，熙熙攘攘、中国人进进出出、占地 8 万平方米的"中国大院"将会人去楼空，变成"敌我"双方激烈争夺的战场；大院内各单位带不走的物资，会被瞬时抢劫一空，成为一座"空城""死城"，窃贼可以乘机大发一笔国难财。

6 时准时出发，王粤的车安排在最前头开道，上面坐有两名全副武装的索政府军，还有我处翻译；参赞的车排第二；我开的车是奔驰 230，排第三，车上有其他人员等，皆是几近退休年龄的老者。后面是公司车依次排开，共 17 辆。

车队驶出"中国大院"的大铁门，往右拐，避开战区，沿着"十月革命大道"前行，去摩加迪沙港的方向。借着拐弯的机会，我透过车窗往后看，我们撤离的各种车辆排成长队，有的公司为了安全预先做好了几面国际红十字会的会旗，插在车头前。由于战争，沿途很少看见路人，也可能是因为时间尚早，只看见很少的几个当地人站在路旁，用异样的目光注视着我们前行的车队。

车队驶入宽阔的基马公路，我发现居民、商铺的大门都紧闭着，有的门前堆着凌乱的家具，马路中间一堆烧毁的汽车轮胎正在冒着烟。车队继续前行，不一会儿，马路右边便是我们援建的贝纳迪尔医院，门面大而气派，我援索医疗队就在这所医院工作，不知此时此刻我们撤离车队中的医疗队员会有何感想。

6 时 20 分，天尚早，交战双方按他们"预先达成的协议"，还在休息，尚未开战。中国人撤离的车队却神不知鬼不觉地驶进了港口。

人们结束了在索的工作，远离了战区，远离了枪声炮声，站在码头边的岸上，放眼周围，多了安全感，感到无限的轻松。

不一会儿，大使和使馆撤离的另外 17 名人员也赶到了，使馆留守的几名馆员也一起前来送行，大家热烈握手，互致问候，7 日不见，恍如隔世。

索方有关官员和朋友闻讯也前来送行，利用登船前的短暂的时间，大家畅叙友谊，畅叙战争，也谈及过去和未来，相互问候，相互祝福，认为此次分别是暂时的，中国朋友还会再回来的。

因为索马里目前仍处在战争状态，前来接我们的"永门"号不能靠岸，停泊在 3 公里以外的公海海面上。在当地朋友的协助下，我们租了两条驳船，把人和行李分别一批一批地送上"永门"号，人们要靠船上放下来的软梯，一个接一个地攀登到船上。

医疗队的一名女队员，身体虚弱，登不上软梯，由该队的一名体格健壮的男队员左臂托着女队员臀部，右手拽着软梯的绳索，艰难地登上了"永门"号。

为了给远在 380 公里以外的我援索百余名农业专家送去索国防部长同意我专家撤离的手令，根据预先安排，我处的翻译王粤和该农业组常驻经参处招待所的翻译小范不能乘"永门"号撤离，我们不得不在码头与他们挥手告别。王粤背上一部电台和小范一起向我们挥手告别，我们怀着深情，目送王粤和小范的车远去，直到码头的拐弯处。祝他们一路顺利，完成最后的使命。

9 时 20 分，最后一批撤离的中国人登上了"永门"号。恰在此时，一发炮弹落在了离"永门"号船尾不远的海面，溅起了数米高的浪花。我心想，是不是按交战双方"预先达成的协议"休息了一夜之后，又开始"上班"了？也许是交战双方的索马里朋友共同向中国朋友发出的善意的"警告"："中国朋友们，既然你们已全部上了船，就赶紧离开吧，我们双方已上班，马上就要开打了！""永门"号的船长对此"心领神会"，当即下达了起航的命令，汽笛一声长鸣，"永门"号调转船头，径直向着肯尼亚的蒙巴萨港驶去。

我站在船尾的甲板上，双臂支撑在船尾的护栏杆上，深情地望着斜插在船尾上的五星红旗，被晨风吹得哗哗作响。

应当说，这已是我第四次站在一条客轮或货轮的甲板上了。清楚地记得，第一次是 1968 年 9 月 23 日，我当时在坦桑农场组工作两年后，回国休假，登上从坦桑返航的我"耀华"轮（该船是我国为修坦赞铁路运送专家而专门从法国新购的豪华客轮），因为当时国家尚不富裕，为给国家节省有限的外汇，故乘返航的客轮回国休假；第二次是 1970 年 4 月，在桑给巴尔项目组完成任务回国，乘我"建华"轮（也是客船）回国；第三次是 1986 年 1 月我公司为我援毛塔供水项目从法国采购了数万吨球墨铸铁管，从比利时的根特港发货，我和公司另外的两位同志为押运这批货物而乘外轮"PARDELA"号去毛塔的。

这是我第四次乘轮船回国了。不过这次不同的是因为索马里首都爆发内战，我们不得不乘船先撤到肯尼亚，再从肯乘飞机回国，这四次乘船的相同之处都是为了非洲的"扶贫"工作。由此可以看出，我与非洲的缘分非同一般，这在吾辈中是否也可称之为前无古人后无来者？

我站在"永门"号船尾的甲板上，远眺渐渐远去的古老的索马里首都摩加迪沙，它曾是 400 多年前我们先人足迹到过的地方，我们的先人不畏艰辛，战狂风斗恶浪，开辟了通往非洲的古丝绸之路；它曾是周总理 1964 年非洲之行访问过的首都，就是在这个地方，我在该首都的一角的"中国大院"里工作了三年，而如今，我又因为索内战，不得不撤离这个国家。

此时此刻，我站在"永门"号船尾的甲板上，深深地吸了一口气，感到无比的轻松和愉悦，从此之后，我不再为大院的停水停电而提心吊胆了，我可以睡个好觉了，战争是坏事，人人恨之，可索马里内战，在某种意义上"解放"了我，虽是同船撤离，但是无人理解本人的独特心情。

我双臂斜撑在甲板的围栏杆上，两眼看着晨风中哗哗作响的五星红旗，"永门"号过后激起的浪花，我深深地沉浸在无尽的回忆中……

第二篇

走进非洲的外交生涯

坦桑尼亚首都达累斯萨拉姆的海滨大道

第一次走进非洲

20 世纪 60 年代中期，我大学毕业，走进国家机关，椅子还未坐热，便被临时借调给农垦部，走出国门，第一次走进非洲，来到我新疆生产建设兵团正在援建的一国营农场当翻译，开始了"洋插队"。那时的非洲，"天玄地黄，宇宙洪荒"。

之后，我又常驻赞比亚、博茨瓦纳、索马里、厄立特里亚等国，非洲俨然成了我的第二故乡，我把非洲兄弟姐妹视为自己的兄弟姐妹。

前面讲过了我于 1987 年 1 月—1991 年 1 月期间在我驻索马里使馆经参处时的情况，那个处是公认的我驻外经参处中条件最差、最艰苦的一个处，而且还有战争。

那么，我第一次常驻的非洲国家是哪一个？是坦桑尼亚。

1966 年夏，大学外文系刚刚毕业一年的我，便由对外经济联络委员会（简称"外经委"）借调给农垦部，去坦桑尼亚的一个援建农场当翻译。

8 月 6 日，我和水电部派往坦桑尼亚的一个 7 人考察小组搭乘同一架飞机前往坦桑尼亚。抵坦后，我去了离首都达累斯萨拉姆 80 多公里远的一个中国援建国营农场，该农场位于鲁伏河的下游河畔，名曰鲁伏农场。那个水电部 7 人考察小组则去了鲁伏河上游的某地，离农场 40~50 公里。

农场所在地的鲁伏河畔，是一片蛮荒之地，可谓"天地玄黄，宇宙洪荒"，是野生动物的栖息地，各种鸟类的乐园，丑类无比的巨型河马、鳄鱼在浑浊的鲁伏河中时隐时现。

我抵达工地后，项目便很快开工了。土建、修筑堤坝，开荒造田，全面铺开。土建包括专家用临时设施、农场职工宿舍等，全组共十几名专家，我是唯一的翻译，我的任务主要跑外，去首都采购。土建施工需要大量的土建材料，伙食上的柴米油盐水果蔬菜等都要采购，还要顺便办理一些其他杂务，如取报纸、信函等。

那个时代，通信不发达，我们远在国外的中国人没有电话，与国内家人、亲朋好友联系的唯一方式是通过每月来回一次的外交部信使队带信。所以，那时我跑外的另一项重要任务是信使到了后，去使馆取信。有时，信使所乘飞机晚点，我们不得不在使馆等候，晚上不管多晚，也要等到信使到了以后，取到信再往回赶。不管多晚，也要连夜赶回去。因为我知道，专家们是何等地盼星星盼月亮等待这每月一次的信使，带来他们的家信，尤其是在文化大革命动乱年代，真可谓"家书抵万金"！那时，信使在国外是最受欢迎的人。每次取到信后，我们便快马加鞭地往回赶（从首都到我们农场约80多公里）。清楚地记得，有一次深夜，我们的车速很快，远远地看到在我们的前方有一辆挂拖斗的大型"菲亚特"运输车在行驶，该车拖斗尾灯在我们车远灯的照射下发着红色的亮光。我们原以为前方的"菲亚特"是正在行驶中，可是到近前才发现那辆大型"菲亚特"运输车却静静地停靠在公路左侧（坦桑是英联邦国家，靠左行驶）。眼看就要撞到拖斗车上，在这千钧一发之际，我们的那位当地司机，眼疾手快，方向盘稍微往右一打，我们的车便"噌"的一声，从那"庞然大物"的右侧冲了过去。"好险啊！"我不禁喊出了声。我想，要是我们的司机在某一个环节上跟不上，坐在副驾座上的我岂不要粉身碎骨了?！真叫人后怕！我不禁朝着我们的司机翘起了拇指，我们的司机却不经意地笑了一笑，对他来说好像很平常。

到现在，虽然数十年过去，在鲁伏农场工作时几乎发生的这次车祸和我这位司机一直深深地刻在我的脑海里。我在鲁伏农场的那几年，外出办事一直是他开车，他叫拉马扎尼，个头不高，说话有些沙哑，开车技术娴熟，话不多，总是面带微笑，他将永远留在我的记忆里。

建场的主要劳动力是当地人，中国专家不但跟他们一起干，还手把手教他们技术。中国专家和他们平等相待，视他们为自己的兄弟，不但一起干活，晚上还和他们一起看中国电影（当时正值文化大革命时期，电影只有八个样板，还有就是"三个战"——《地道战》《地雷战》和《南征北战》）。当地朋友称中国人为"RAFIKI"（斯瓦西里语"朋友"的意思）。他们并肩战斗，心往一处想，劲往一处使，开天辟地，开荒造田……

和中国人长期相处，当地人发现这些中国人完全不同于西方殖民者，中国人来这的目的不是为了享受，而是来真心实意地帮助坦桑尼亚，他们没有别墅，没有小汽车，他们住的是简陋的集体宿舍，吃的是大锅饭，他们不带家属，纪律严明，他们日出而作，日落而息，穿的是统一的咔叽布的工作服，戴的是草帽，身背一把水壶……在当地人看来，这些中国人真是不可思议。

经过中国专家和当地朋友的艰苦奋战，在两年多的时间里，筑起长约数公里、高约3米的围堤，建成了数栋设施齐全的农场职工宿舍，开垦出数公顷的实验良田，种出了绿油油的水稻……当地总统到该场视察时，赞扬了中国专家的创业精神，号召当地人向中国专家学习。

不知不觉两年的时间过去，回国休假的时间到了，为了替国家节省有限的外汇，我于1968年9月23日搭乘"耀华"轮回国休假。

1969年4月，休完假后返回鲁伏农场，继续工作到9月，农垦部调我去桑给巴尔援建的糖厂甘蔗农场考察组当翻译。到1970年4月，结束了在桑考察组的工作，再次乘船回国，这次我搭乘的是"建华"轮。

到此，结束了我临时借调给农垦部的任务，回到外经部。

以上是我第一次常驻非洲，揭开了我毕生以援非为业的序幕。

第一次常驻，有两件事给我留下深刻印象，一是我援坦专家张敏才同志之死，他是活活地被一窝野蜂给蜇死的，我们平常人被蜂蜇一下要痛半天，可张敏才同志，当时因天气热，麻痹大意了，上身未穿工作服，只穿一个背心，他摔倒了，一窝蜂几乎全扑到他身上……在医院里，他已排不出尿，不能说话，头部肿得面盆大小，他的组长含着泪水，用小镊子一个蜂刺一个蜂刺地往下取……其状惨不忍睹。由于时间久远，当时我在坦专家少，又是发生在荒郊野外，又由于他死的原因奇特，他的死，在坊间有种种离奇的说法，也有与事实不符的不同版本，他的死，我是亲历者，很可能到现在我是唯一的亲历者了。他殉难50周年，我写的那篇回忆文章，也有一个澄清事实，以正视听的目的。

关于张敏才之死，对我的影响，在我所写的《在索马里最后的七天七夜》中可寻其踪迹。

二是我两次从非洲大陆东海岸乘船横穿印度洋回国，第一次是回国休假，第二次是完成任务回国。两次乘船的原因，皆是因为当时的中国尚不富裕，由此也可看出，我们对非洲穷朋友的一片赤诚之心。在我们尚不富裕的情况下，还要力所能及地帮助穷朋友，这也是非洲朋友视中国为朋友的真正原因。

两次横渡印度洋，这在我辈同行中可以说是独一无二的，虽然连续十几个昼夜大海航行，晕船的滋味不好受，但是值得的，使我看到了大海的波澜壮阔，也使我想象到我们的先人数百年前开拓这条丝绸之路是何等地不易！

第二次常驻非洲

1970 年 4 月，由桑给巴尔回到原单位外经部，不久去了外经部在河南省罗山县的"五七"干校。在干校大田班劳动锻炼了半年多，于次年——1971年 4 月，被派往我驻坦桑经代处当翻译，这是我第二次被派往坦桑工作。不过这次不是在项目组，而是走进了经援项目的领导机关工作。这是我第二次常驻非洲国家的工作，自此之后，一直在我驻非使馆经济参赞处工作，一直到 1974 年。这个时期是我对外经援的鼎峰时期，尤其是对坦桑的经援，项目不但多，且大，最大的项目是坦赞铁路（坦赞铁路是我对外经援最大的一个成套项目），另外还有七八个在建项目，故驻坦经代处是当时工作最繁忙、任务最繁重的一个处。

处内共有两名英文翻译，分工是：坦赞铁路项目大、重要，事情多，由一位翻译专管，其余七八个项目由我分管，有关项目翻译方面的事，是谁的项目由谁管，另外，我还分管专家的接送任务。周边国家来回路过坦桑的专家，都由我们负责接送，故接送任务还是较为繁重的……一直到 1974 年完成任务回国。

1974 年，从坦桑完成任务回到国内，回到外经部下属成套公司，先后在项目二处和项目五处（西亚北非处）工作。

1978 年，在项目五处工作时，我分管援塞拉利昂项目。我援塞国家体育场竣工，由国家体委牵头，组织了一个赴塞国家体育场验收小组，我代表公司参加了该验收小组，在塞工作了 3 个月。该组在塞工作结束时，受到了时任塞拉利昂总统史蒂文森的接见。

在我们验收组的工作之际，向使馆新任驻塞陈大使做了汇报。初次见面，陈大使给我留下了极好的印象，他平易近人，没有丝毫的架子，个头虽然不高，却很潇洒，说话语速不快，给人以很诚恳的感觉，他主动地向我们介绍了他这次来塞前的一些情况。

"转战" 南部非洲

1979 年 8 月，我被派往驻赞比亚使馆经参处工作。赞比亚地处南部非洲高原，气候凉爽，以铜矿闻名于世，主要集中于铜带省，首都卢萨卡。

在赞工作期间，有两件事使我终生难忘。第一件事，有一次，我从离首都几百公里以外的某项目工地驾车往回返，中途天气热，人困马乏，开着开着车竟睡着了，突然醒来，发现车还在路上跑！好险！我不禁惊出一身冷汗，幸亏中午路上车少，否则后果不堪设想。人们告诉我，你这是疲劳驾驶。疲劳时，你应把车停在路边，稍事休息一下。

第二件事，一个星期六，打扫完了卫生后，我坐在二层楼小阳台的茶几旁，翻阅当日的报纸，在不经意中，突然发现茶几下面的支架上盘踞着一窝黑乎乎的野蜂，看到后，我不禁毛发都竖起来了，我赶紧拔腿跑进楼内，并把楼门紧紧关上，十几年前我在援坦项目组，张敏才遭野蜂袭击而不治身亡一事顿时从脑际闪过。心想，如果当时我无意中踢它们一脚，将它们激怒，会是什么后果?! 我往哪里逃？你逃到哪里，它们追到哪里，我岂不要做张敏才第二？想起来真是后怕！

在赞工作了将近一年的时间，因工作需要，从赞"转馆"到驻博茨瓦纳使馆经参处，"战线"又南移了，已到了南非边界。经参处人数也大大地减少了，处内包括我在内共两人，属乙类处，使馆和经参处仅有一道花墙相隔，花墙中间有一便门，使馆和经参处人员可以随便进出，我处两人和使馆人员同一个食堂，同一餐桌就餐，大使和大家吃同样的饭菜，没有半点特殊。该馆面积大，环境优美，使馆大院门前是一条很宽的马路，马路右边不远处便是博总统府，我们到总统府参加活动，不需开车，步行便可。博政局稳定，社会治安良好，这里无刑事案件、无偷盗、十字路口无红绿灯，我把其称为"三无"社会（我说的是 1981—1983 年，我在博工作时的博茨瓦纳）。使馆的院墙是一道长长的、修建得很整齐的一米高的花墙，花墙的外边是直通总统府的大道。

早在我驻坦桑经代处工作期间，听我曾驻博使馆的一位老同事介绍，博这个国家不大，人口也不多，但这个国家政局稳定，人民友好，气候凉爽宜人……他的介绍，不仅使我充满了遐想，幻想着以后我是否有机会也能到这个国家工作，因为坦桑尼亚的气候太热了，让我难以忍受。没想到，竟然天遂人愿，梦想成真！

再看一看，我《人民日报》记者是怎样看博这个国家的：

"这个近百万人口的国家政局稳定，社会秩序良好，独立近17年，这里没有发生过政变和骚乱。在首都，多数人家的庭院仅围以抬腿就可越过的花墙篱笆，环境优雅而宁静。"

看到这样的介绍，又有谁不为之动心呢？在驻博使馆工作期间，深感记者此话不虚。

博地处南部非洲高原，南回归线从该国穿过，全国70%—80%的面积是卡拉哈利大沙漠，终年干旱少雨。

博茨瓦纳这个国家以"钻石王国"闻名于世。这个国家，牛的数量比人多，故又是一个"牛的国度"。钻石和牛是这个国家经济发展的两大支柱。这个国家政局稳定，人民友好，社会秩序井然，首都只有人行横道，既无红绿灯，又无交警，交通秩序全靠交通标识指挥，听不到车辆喇叭声……相信这在其他国家是不多见的。

博茨瓦纳国土面积的2/3为卡拉哈里大沙漠。该沙漠面积一直延伸到南非、纳米比亚和安哥拉。博北部是发源于安哥拉的奥卡万戈河，是非洲第三条大河，流经博北部境内后形成了广阔的奥卡万戈三角洲。

奥卡万戈三角洲地区水量丰富。中国农业专家组在这里试种水稻，他们播300亩，平均亩产733斤，他们所取得的成就，不但受到博政府和人民的好评，《今日非洲》杂志也发文赞扬，在一篇题为《中国人在博茨瓦纳创造了奇迹》的文章中写道："由于中国人的努力，博茨瓦纳有史以来第一次在自己的国土上获得了水稻大面积种植的好收成""单产超过世界标准产量20%"。（见1983年6月29日《人民日报》）

昆多河由北向南，到奥卡万戈三角洲附近同乔贝河汇合，乔贝区、奥卡万戈三角洲和林波波河谷地，土地肥沃，雨量充沛，水力资源丰富，适合发展农业。

广阔的卡拉哈里大沙漠只生长些灌木丛和野草，西南部边远地区，海拔高度为1200米，到林波波河和夏谢河汇流处，海拔高度下降到520米。

由于干热时间长和少雨，博茨瓦纳的气候大部分属于"半干燥"的亚热带气候。

雨，在博茨瓦纳语中称"普拉"（PULLA），因为普拉在博茨瓦纳人民生活中极为珍贵，故博茨瓦纳的货币名称也叫"普拉"。由此可见，雨在博人民生活中占有何等重要的地位："普拉"（雨）＝"普拉"（钱）！

有一次，我们去机场接国内一个来访的团组，博政府有关官员也去接，这位博官员对我们团组的领导讲：希望你们的到来能够给我们带来"普拉"（即给我们带来"雨"，亦即"钱"）。

博茨瓦纳总统或政府重要官员在外交场合发表演讲，在结束时，也要高呼两声：Pulla！Pulla！

博有许多名胜古迹。首都东边有哈博罗内城堡，它是 1891 年白人先驱者向津巴布韦进军时所建。哈博罗内到洛巴策途中的巴苏陀考普，英国人和布尔人曾在此发生过战争。离哈博罗内 50 公里处，有著名的利汶斯敦窑洞。

哈博罗内以北 40 公里处，是传统村庄莫楚迪的所在地，这里有许多古迹，有传统制造业，曾制造过陶器，也是部族酋长传统的殡葬地。这里的莫楚迪博物馆，建立在数十米高的石头山的山巅之上，站在山巅之上远眺，莫楚迪村和远处的景致尽收眼底。

另一处值得一游的地方是奥卡万戈三角洲以西 50 公里处的索迪洛山，这里有布须曼人的岩画和其他岩画 2000 余幅。

在我驻博使馆工作期间，曾不止一次同使馆其他几位同志一起，驱车去我驻赞比亚使馆取我馆人员从香港采购的订货，其中从纳塔至边界渡口卡宗古拉之间的 300 公里的路程，最令我难忘。这是一段路面宽 6—7 米的、全天候的石子公路，路面既宽又平坦，当时博人口少，经济又不甚发达，故沿途无论是私家车还是公交车，甚至是大货车，都很少。有时往往开半天车，遇不见一辆车，正是路漫漫，野茫茫，在南部非洲一望无尽的大荒原上行车，宽阔而笔直的马路，一眼望不到尽头，有点天高任鸟飞之感，但有时难免有点厌倦和疲劳。不过，时不时地，从路边的原野上窜出的数只毛驴般大小的鸵鸟，不知是因为受到惊吓，还是在有意跟我们的车赛跑，它们不是四处逃散，而是在我们的车旁，与我们同向奔驰。真有意思，鸵鸟想与我们的车竞赛，鸵鸟哪儿能跑得赢？一会儿便被我们的车甩在后头，败下阵来。这是题外话，但它是我们长途驾车途中的一味调味剂，或多或少地调节了我们的疲劳驾驶，未尝不是一件乐事。这在我之前所写的《神秘的厄立特里亚》一书中有所提及。

路漫漫，总有尽头。卡宗古拉是博茨瓦纳这一侧的渡口，前面便是汹涌澎湃的赞比亚河，这是博茨瓦纳、赞比亚和津巴布韦三国边界的分界线。要去赞比亚那边，需要通过摆渡，这里是通往黑非洲的主要出口。

博政府规定：在建筑群以外，车速限制在 90 公里/小时，在城区和建筑区，车速限制在 50 公里/小时。

首都哈博罗内，有人行横道，无红绿灯，无停车场地，也无交警，交通秩序全靠交通标志。人们自觉遵守交通规则，秩序井然。同人口相比，车辆虽然显多，但听不到喇叭声。这种良好的交通秩序，在其他非洲国家不多见。

博茨瓦纳全国只有一条铁路干线，从南部边境的拉马特拉巴马到北部边境的巴卡兰加，纵贯全境，全长 640 公里，途经洛巴策、哈博罗内、马哈拉佩、帕拉佩和弗朗西斯敦。

该铁路的产权属津巴布韦，并由津国家铁路局经营。另外，还有两条长约 74 公里的辅线用于从马鲁普莱到塞莱比—皮克韦的煤炭和铜镍锭的运输。

目前，博政府正在研究从津铁路局接管该条铁路，接管方式正在研究讨论中，要尽量做到在交接过程中，使正常铁路运输工作不受影响。

津巴布韦铁路总部设在弗朗西斯敦，于 1982 年初开始办公，负责管理这条铁路运输的多是津巴布韦人，也有博茨瓦纳人。

1982 年，博政府从西德购买了 12 台柴油机车和 50 节车皮，用作煤炭运输。还购买了 2 台维修车辆、13 节水罐车以及 1 辆检道车。

在技术人员培训方面也做了不少工作，现在除了个别复杂工种外，多数工种都由博人担任，其中 25 名司机。还有 10 名正在马拉维进行培训，70 名正在肯尼亚进行培训。

中国和博茨瓦纳两国政府于 1982 年 12 月签订了更新博铁路项目的议定书，由中国政府提供贷款并派遣专家，帮助更新从哈博罗内到博南部边境 120 公里的铁路线路。项目完工后，目前铁路铁轨磨损严重的情况会得到改善，运力也会有很大的提高。

博政府正在计划修建一条从纳米比亚出海口开始的、横贯卡拉哈里沙漠的大铁路，使将来博煤炭的出口可以直接通过纳米比亚的戈巴比斯港运往欧洲，可以大大缩短通往欧洲的运距，节省大量的运费。该项目已进行可行性考察，设想了 3 条线路，究竟采用哪条线路，尚未最后决定。

我在驻博茨瓦纳使馆经参处工作到 1983 年 11 月，连同驻赞使馆经参处工作，为第三次常驻非洲。

我于 1983 年 11 月从博茨瓦纳完成任务回国。

为公司省下近 200 万美元

1984年春节过后，我被安排在公司材料处专门从事"转口"工作。在从事该项业务中，我"转口"小组通过中间商，为我援建毛里塔尼亚供水项目，从法国购买了数万吨球墨铸铁管，公司给我们下达的指标是 700 万美元可以成交。经过我小组的艰苦努力，最后以 520 万美元成交，仅这一笔业务就为公司省下近 200 万美元。另外，通过该笔生意，我们还从卖方为公司争取到一辆崭新的豪华日产大轿车和数辆中型面包车。我只坐过一次那辆大轿车，当时（1985年）对外改革开放不久，在北京的大街上，这种豪华的大轿车尚不多见。

通过这笔生意，我们对外宣传了我公司，扩大了我公司的对外影响，有不少外商主动找上门，要跟我做生意，有的外商甚至主动要求我派员访问他们的厂家。

国内外一致认为我援毛供水项目是成功的，受到了毛政府和联合国驻毛有关机构的好评。

往事 50 年，回忆援坦专家张敏才同志

今年，2017年10月7日，是我援坦牺牲最早的专家张敏才不幸殉难50周年的日子。

50年前的1967年10月7日，张敏才和他同一个专家组（我援坦桑克洞达水坝考察组）的两名同事在离我场（我援坦桑鲁伏农场）5公里以外的野外作业中，在一棵大树下吃午饭时，突遭一窝野蜂的袭击，因中毒过重不治身亡，时年仅36岁。

50年过去了，张敏才同志殉难时的情景已深深刻在我脑海里，至今仍历历在目。

1966年8月6日，我和水电部派遣的赴坦桑尼亚克洞达水坝考察组一行7人（其中张敏才是上海人，已先期回上海探亲）同机赴坦桑。我们的飞机

抵达上海时，我们在候机室同张敏才会合。我们还看到了前往机场为张送行的他的妻子、岳父和一个 10 岁左右的女儿。妻子年轻貌美，细高挑，约 30 岁，小女儿十来岁，同样很漂亮，很精神，岳父 50 余岁。我们在候机室休息了约半个小时，便换乘巴航，飞往坦桑，张敏才和他的家人一一告别。又有谁能想到，张敏才和他的家人这一别，竟是最后的永诀！

抵达坦桑后，我去了离首都达累斯萨拉姆约 80 公里的位于鲁伏河畔的鲁伏农场，张敏才他们一行 7 人则去了位于鲁伏河上游某地，我们两处工地相距 40—50 公里，张敏才和他们组的人去首都出差一般都要经过我们农场。

经过一年多的考察，他们组已完成考察任务，准备在 1967 年过了国庆就打道回府，张敏才（水利工程师）还想测一下鲁伏河下游的横断面，和他们组的另外两位同事于 10 月 1 日，提前一天来到我们农场，准备过一夜后，第二天吃过早饭去现场。

次日（10 月 2 日），张敏才一行 3 人，在我们农场吃完早饭，带上午饭便出发了。出发前，张敏才同我们打招呼说："中午不回来了！"一语成谶，就在这天中午，不幸发生了。

中午，阳光强烈，鲁伏河谷地热浪滚滚。原始荒野，多蚊虫、毒蛇，我们的专家在野外作业，都要穿工作服，戴草帽，脚穿翻毛皮鞋。

午时，张敏才他们在鲁伏河畔一棵大树下用餐。大树下阴凉，有微风，身体有些发福的张敏才同志，经过一个上午的野外作业，有些疲劳，想利用这个时间，好好地休息一下。于是，他脱掉了工作服，上身只穿了一件背心。有谁能料到，在这棵大树的高处盘踞着一窝野蜂?! 这窝野蜂闻到饭味后，突然以迅雷不及掩耳之势向他们袭来。他们惊慌失措，四下逃散，张敏才不知被什么绊倒，摔倒在地，眼镜也被摔碎了，发了疯的野蜂们穷追不舍，扑向了张敏才……跑散了的其他两位同事发现张不见了，顿时慌了神，不知所措，竟驱车到了我们农场，同他们前后脚赶来的还有家住鲁伏河畔的一位老华侨（该华侨家的住址离我场不很远，平时跟我们很熟），他惊恐地喊：赶紧去找人、救人，否则……我们赶紧派车派人和他们一起赶往现场救人。

救人的车回来了，张敏才找到了，用我们的英吉普拉回到我们农场。我们赶紧把他从吉普车上抬到一间宿舍的空床上。他伤势很重，疼痛难忍，我们给他冰镇的可乐喝，他只是呻吟。我们发现他的头发梢里全是蜂刺，上身全是被野蜂蜇的红点，他当时穿的是工程技术人员在野外工作时常穿的翻毛皮鞋，脚脖子上由于太阳晒，有一块红印……令人目不忍睹。我发现停在宿舍门口的吉普车内还有十几只野蜂在玻璃窗上爬。我想它们是几只"残兵败将",它们已把罪恶的毒刺留在了张敏才身上,自以为是已完成了"任务",它们的个头如黄豆粒般大小,呈黑灰色。

在场的马大夫(是国内为我场派的专职大夫)见张敏才伤势严重,商量后决定,由他亲自陪同,赶紧送首都医院抢救,到首都八十几公里的路程,车速不宜太快。赶到首都,住进了一家名叫姆希姆比利的当地医院,此时已近午夜了。

此事,使馆即报国内,惊动了国务院。日理万机的周总理亲自过问,当即决定派我国有名的泌尿科专家吴阶平大夫专程赴坦桑抢救危在旦夕的张敏才。此事也震惊了坦桑尼亚最高层领导,尼雷尔总统极为重视,特派自己的私人医生帮助抢救,坦桑第一副总统、桑给巴尔政府总统同意我在桑医疗队派两名大夫前往参与抢救。我《人民日报》也发表了消息。

期间,我利用去首都办事的机会,特意去医院看望张敏才同志。我见他躺在病床上,面朝墙壁。此时,他已说不出话,只是呻吟,早已排不出尿,头部肿得面盆般大小。他的组长眼含着泪水,用小镊子从张敏才的身上、头发里一个接一个地往下夹取蜂刺。明知这已无济于事,毒液已渗透到张的血液里,可是,此时此刻,不这么做,他又能做什么呢?他的心情该是何等的沉重!压力该是何等的大!

我的心情也很不平静。一年前,我们同机抵达坦桑,同住招待所,同一张桌吃饭,同一个宿舍睡觉,他年长我十来岁,总是亲切地称我为小弟弟,后来还时常见面……如今,他们组已完成任务,即将回国与亲人团聚,在回国前,却遭此大难!

中午,我在经代处招待所吃午饭时,厨师的夫人在食堂里用浓重广东口音的普通话说:"他的爱人知道后,会哭死的!"

晚饭后,在招待所的院子里,我很冒昧地问吴阶平大夫:"既然血液全部中毒了,可否把原来的血液抽出,全部换成新鲜血液(我不懂医,说的可能是外行话)?"吴大夫说:"那么做是很危险的。"

由于张敏才伤势太重,中毒太深,经全力抢救仍无效,在1967年10月7日不治身亡,时年36岁。

令人更为心碎的是,由于当时通讯不发达(听说当时从坦桑往国内打电话要通过伦敦)和其他方面的原因,自从张敏才出事那天起,直到他不治身亡,未能和国内的亲人说上一句话,更不要说家属到现场了。

关于张敏才遗体处理问题,周总理说:"青山处处埋忠骨,何必马革裹尸还。"

根据总理指示，张敏才遗体在当地火化，并举行遗体告别仪式。我使馆临时代办周伯萍和坦桑尼亚土地定居和水利开发部部长巴布出席了告别仪式并致悼词，出席仪式的还有张敏才所属克洞达水坝考察组的副组长及该组的其他几个成员。次日，当地《旗帜报》发表了消息。

张敏才的骨灰安置在坦桑首都达累斯萨拉姆市伊拉拉农贸市场的广场。数年后，我第二次驻坦桑时，有一次去该市场采购，发现在该市场广场的一侧矗立着一块高约1.5米的黑色大理石墓碑，上镌着"张敏才烈士之墓"。

张敏才长眠于异国他乡，他是为我国崇高的援外事业而献身的，他是我援坦桑牺牲最早的中国专家，他是我援坦桑牺牲的专家中，我最熟悉的一位，愿他安息。

以上就是我亲身经历的张敏才殉难的经过。

数十年之后，我在看电视新闻时，看到正在坦桑尼亚进行国事访问的时任国家主席胡锦涛一行专程去"中国烈士陵园"为牺牲的中国专家扫墓，我发现在陵园进口处的右侧矗立的第一块又高又大的墓碑是张敏才的墓碑，此时此刻我才知道，张敏才的墓碑已从原来的伊拉拉广场迁到了新修建的"中国烈士陵园"，张敏才应会含笑九泉。

这说明，我们的党和国家领导人，我们中国人民没有忘记在我援外事业中献身的人们。

第三篇
走出非洲

卡塔尔首都多哈的波斯湾海滨大道

走出非洲

1996 年 6 月的一天，我正在驻厄立特里亚使馆经商处工作，突然接到国内人事部门的通知，要去驻卡塔尔使馆经商处工作。此时，我在驻厄经商处已工作两年有余，从即刻起，我意识到我很快就要离开非洲了，厄立特里亚将成为我在非洲工作的最后一个国家，也是我常驻非洲的第五个国家（详见本人所著《神秘的厄立特里亚》一书，光明日报出版社 2016 年 1 月出版）。

从这一天起倒数 30 年的 1966 年 8 月 6 日，是我第一次走出国门，走进非洲的日子。

时光如流水，如白驹过隙，30 年过去了，弹指一挥间。

30 年过去，时光无情人有情，"人生易老天难老"，我不觉已早生华发，已过了知命之年。

30 年前，文化大革命初起，山雨已来风满楼。回想起来，一切如同在眼前，大学刚毕业尚不到一年，机关办公室的椅子尚未坐热，便被农垦部临时借调，派我到援助非洲的一个农业项目当翻译，开启了我在非洲的岁月。

30 年来，我在非洲大地上，"横冲直撞""东突西围""南征北战""开疆拓土"，足迹几乎踏遍了整个非洲大陆。东到印度洋中的"丁香之国"，西到大漠深处、大西洋畔，南到南部非洲高原卡拉哈利大沙漠中的"钻石王国"，北到非洲之角、埃塞高原……都留下了我的足迹，洒下了我的汗水。

非洲之角的"索马里一战"，是我的一次"遭遇战"，这既是一场"攻坚战"，也是一场"持久战"，此"战役"之艰巨，非同一般，因为这不是去当官，不是去吃大餐，需真抓实干，我是一秘，我不干谁干？我勇敢地接受了挑战，一干就是 3 年，故我把此"战"视为"持久战"。我深知，此"战"对我将是一次严峻的考验。如果你是一名真正的共产党员，是一名勇者，就应当勇往直前；反之，就是缩头乌龟，是懦夫，胆怯不前。"生于忧患，死于安乐"。我可以欣慰地说，我最终胜利了，我经受住了考验！

而此次"厄立特里亚之战"，将是我在非洲的最后一"战"（站）。这次任务对我来说，极为特殊，是到一个新独立的国家建经商处，这项工作我从未干过，我把它称为"开辟新的战场"。人生地不熟，一切从零开始，白手起家，无疑具有很大的冒险性及不可预见性。难怪后来我的一位老同行告诉我说:"开始让我去,我拒绝了。"

初生牛犊不怕虎,"别人不干,我干!"我勇敢地接受了任务。

1994年4月16日,我偕夫人和一员"大将"(新毕业的大学生,阿文翻译),手提两把菜刀,肩扛两块菜板(阿文翻译是一位穆斯林)及行李物品,每个人都超负荷地登上了埃塞俄比亚航空公司(埃航)的飞机,途经亚的斯亚贝巴,来到了非洲新独立的、最年轻的国家——厄立特里亚。

光阴如梭,似水流年,一干就是两年……

再过几天,我就要跟非洲说再见了……

30年来,在非洲大陆的日日夜夜,风风雨雨,进进出出,非洲俨然已成为我的第二故乡,非洲的兄弟姐妹已成为我自己的兄弟姐妹,他们的困难,就是我自己的困难,对他们的不幸,我感同身受。30年来,我在非洲所从事的"扶贫"(经援)工作,就是我们的国家在自己尚不富裕的情况下,对非洲兄弟所提供的力所能及的援助,如同我自己掏腰包帮助自己的兄弟姐妹一般,"穷不帮穷谁帮穷"?

30年来,我能以自己的微薄之力,为我们国家对非经援工作添砖加瓦,为非洲兄弟的建设尽一点力,是天经地义,理所当然。

再过几天,我就要最后告别非洲了,我还要向为我国的经援事业而献身、长眠在非洲大陆的同胞们烈士们告别,其中包括1966年8月6日与我同机抵达坦桑尼亚的,我的好兄长张敏才烈士;1988年8月6日夜,在索马里"中国大院"内值夜班的四川公司职工高成封同志;还有在索马里北方内战中,我供水组专家组长裴庆才同志……我要和他们说再见了,祖国和人民不会忘记他们,他们的英名将流芳千古!

熠熠生辉的非洲最高峰——乞力马扎罗山巅上终年不化的积雪,世界第二大瀑布——我曾数次经过的维多利亚大瀑布的轰鸣声,马赛马拉河中万马(角马,或称牛羚)争渡时的拥挤壮观……将永远地留在我的记忆中。

1996年6月的一天,我和夫人乘埃航飞机离开了我在非洲工作过的最后一个国家厄立特里亚的首都阿斯马拉,飞向我们这次要去的国家——卡塔尔。

我想,我在最贫穷的非洲国家"扶贫"一辈子,在完成我常驻国外工作前,能有机会顺便去世界上最富的国家"遛达"一圈,也不失为一趟"美差"!按说我们毕生从事"扶贫"工作的,与最富的国家无任何关系,我这次任务却反其道而行之,到最富的国家去"扶贫"也算是一件奇事吧?!真是"天意"!

飞机起飞后，我透过飞机的舷窗往下看，是我所熟悉的厄立特里亚的盘山道，从地势最高处的首都往东由高到低，有稀疏的城镇村落，从我们的视野中静静地往后退去。再过一会儿，飞机飞入了红海的上空，虽然名曰"红海"，从高空看来海水也并非是红色，为什么取名为"红海"，我也不知所云。蔚蓝色的红海，在强烈的阳光照射下，波光粼粼，波澜不惊。很快地，飞机已飞离了非洲大陆，飞进了辽阔的阿拉伯半岛，广袤的阿拉伯半岛大沙漠。

飞机横穿这世界上最大的半岛——阿拉伯半岛，约个把小时，或是更多的时间，确切时间我已记不得了，飞机便降落在半岛东南隅一角的阿联酋的迪拜，我们已从贫穷的非洲来到了阿拉伯国家。

我们需要在候机室休息两个小时左右的时间，再换乘飞往卡塔尔的飞机。

我们在候机室里浏览了拥挤不堪的机场超市，一个摊位紧挨着一个摊位，各色各样的充满了阿拉伯风情的商品琳琅满目，有金光闪烁的珠宝，有男女服饰、鞋类、玩具等，应有尽有。这里的一切，都充满了阿拉伯风情，我们既感到新奇，又感陌生。现在的时令，正是阿拉伯国家的夏季，气温高达 40~50℃，阿拉伯世界已成了空调的世界。

登机的时间到了。我们换乘卡塔尔航空公司的飞机，飞行了约半个小时，便抵达我们这次旅行的目的地——卡塔尔的首都多哈机场。

卡塔尔概况

卡塔尔国地处世界最大半岛——阿拉伯半岛东部，波斯湾的中部，总面积 1.1 万平方公里，人口约二百多万，本国人口约 20 万~30 万，外籍常驻人口约 20 万。气候冬季凉爽，夏季炎热，最高气温 45~50℃，无春秋季之分。

卡塔尔原为英国殖民地，1971 年 9 月 1 日独立，属政教合一的君主国，通用英语。

卡塔尔石油储量丰富，天然气资源据说为世界第三。

卡塔尔的主要工业为石油开采业和天然气开采、加工业。另外，还有年产 60 万吨钢的钢厂，以生产尿素为主的化工联合企业以及水泥厂、面粉加工厂等。

出口：目前主要有石油及其制品，液化天然气刚开始出口。还出口部分钢材，少量农、牧、渔产品；

进口：粮食、食用油、盐、各种机械、交通工具、各类轻工业日用消费品。各类机械设备和各类商品年进口额约 20 余亿美元。

农业：种植一些蔬菜、水果、杂粮和椰枣。

饮用水有矿泉水加工厂，日用水主要靠海水淡化。中国人常说"富得流油"，在卡塔尔却说"富得流水"。在卡塔尔，水远比油贵。

交通：卡塔尔公路交通发达，各城镇间均有高质公路连接，且与沙特、巴林、阿联酋相通，航空、通讯、水运也很发达，飞机和通讯与各国直通。码头可停靠万吨级泊轮。

汽车是该国的主要代步工具，户均 2—3 辆高级轿车。出租车很方便，起步费仅为 2 个里亚尔（QR，当地货币名称，同人民币比价为 1∶2.3，同美元比为 1∶3.64，汽油每公升约 0.6QR）。

汽车价格便宜，美元 2 万左右可买到较好的汽车（相当国内 40 万元左右的好车）。

卡塔尔效仿英国的高福利做法，医疗实行完全免费（包括临时居住者）。该国重视教育，从幼儿园到大学全用阿、英两种语言教学，一般学生高中毕业可以用两种语言交流。没有私学，从小学到大学采取一贯制，只要愿意学，就可一直学下去，费用全免。出国留学深造，国家给予较高待遇补贴，教师待遇很高，人均月收入 1000 美元左右，还可得到宽敞的免费住房和配套家具（归个人所有）。

该国十分重视体育活动，政府鼓励本国儿童、青少年从事各种体育培训锻炼，体育俱乐部（多为私人办）普遍高薪聘用外籍教练，个别项目国家免费甚至花钱请青少年来培训，每个学校都配备交通工具接送家里无车的学员，大部分学生靠佣人和父母驾车接送，很多当地人都雇有印、巴、菲律宾佣人从事做饭、开车、打扫卫生等工作。

在卡塔尔，土地除王室自用外，本国（籍）人有无偿使用权，且给予优惠贷款，外国人（包括临时居住者）无权购置和买卖房地产，但可与当地人联合投资，限期使用。

本国人除确保就业外，还可"在职经商"，多数官员均有自己的实体，一边吃着"皇粮"，一边经营"自留地"。绝大多数人都有房地产出租给外国人。该国法律规定外国人来卡兴办实体必须由本国人"担保"，每个公司每月需向"保人"交"担保费"，数额不等，这就构成了该国居民多元化收入的特点。这样既可减轻国家部分负担，又可增加个人收入来源，于国于民皆有利。该国人均年收益2万多美元，其实际收入超过了最发达国家的水平，私人全是豪华别墅住宅，户均2~3辆轿车。

该国社会治安异常好，除正常交通事故时有发生外，极少有凶杀、抢劫、偷盗等恶性案件，打架斗殴现象也极少发生。在公共场合打架，不论对错双方均予拘留，并处以高额罚款，外国人则立即无条件驱逐出境。偷盗者须付出手被剁掉的严惩。基本达到了夜不闭户，这与制度健全、警力充足且待遇很高有关，也与更为严格的宗教法规和宗教舆论有直接关系。

卡塔尔实行外国人出入卡的担保签证制（无担保人签字不得出国），租房、找工作的户籍制，店、舍严格分设的管理制（店内不准住人，宿舍不准设库制度），警力分片包干、日夜巡逻制，登记居住的画押制（每人须将手纹留在警方，并建档管理），主要厂、店、商贸区的昼夜武装值班制，警察待遇、装备优良制（高级警车内设有无线寻呼装置）等一系列完善的制度，是构成该国治安良好的主要因素。良好的社会治安，创造了良好的经营、生活环境。99%的店铺全部实行开放式经营方式，200平方米的一间商店，几千种商品只有一个店员，这样的店铺很多，基本不用担心偷盗现象发生。

在财政、金融方面，卡塔尔实行金融开放政策，除卡国家银行外，还有民办的联合股份银行和外国银行。在卡银行，存、贷业务灵活，汇率十分稳定，各国货币可在银行自由兑换，可随时汇入、汇出。本国公司贷款非常方便，私人资本的流向也无严格限制。该国基本上不鼓励存款，本国银行存款利息很低，甚至不给利息。但贷款利率则较高，一般在6%~8%之间，一方面希望民间把财力投入到再生产中去，另一方面放出银行的资金赚钱。这是综合经济效益好的具体反映。

银行界还经常邀请各国驻卡使馆举办投资讲座，引导本国商人到外国投资，挣外国人的钱，以增加国家的外汇储备和扩大经营范围。听使馆的同志讲，1994年11月，卡国家银行请我使馆做中国投资环境和机会介绍，以引导卡商人到华投资，当地有许多人想到中国投资，因没有具体渠道，不知从何入手，他们对中国的情况了解得很少，只知道中国是一个潜在的大市场，但做什么买卖、怎么做，无从入手，加之阿拉伯人发家晚，大进大出的国际贸易知识少，他们只凭借资源政策和外来送钱的人多等优越条件以及传统交易方式，使他们目前向外投资的意识还很淡薄，有点"守财奴"的味道。由于本国市场太狭小，项目有限，许多个人手中的钱又多得不知怎么产生更多的钱，这使不少卡商人开始走向世界，卡不少商人对与我合作开展贸易有浓厚兴趣。

卡塔尔的劳务市场很庞大，外籍劳务几乎渗透到各行各业，从政府组织管理，到工业、农业、科技、文教、卫生、建筑、交通运输、金融，甚至包括军队、警察乃至大量的家政劳务等，但基本已被印、巴、菲、埃、叙、约、英、美、日、俄、德等国人全部"承包"。我们中国人在当地大公司和政府机构中（包括中东国家）担任职务、雇员的几乎没有。究其原因，一是历史和地域形成的文化阻隔；二是我国人外语水平，特别是英语水平较低，这是因为我们长期闭关锁国等历史原因造成的。

我国对外劳务以公派为主，价格低了做不成，私人出国，一是渠道少，二是各方面不适应，更无政府的组织和开放政策。

卡建筑市场主要是印、巴、孟等国劳务人员。大型项目主要控制在卡皇室成员和国家计划部门。在基建、设备、技术、劳务、原料等方面均采用国际招标方式，中小公司很难立足，我很多专业大公司也常来该国（在迪拜、伊朗等地常驻）游说和投标，但成功率很低，其原因是国内综合技术、设备、设计达不到要求，投标时间较紧，我方往往投标前现组织班子，假使中标，也现"拼凑"队伍，发标方多不信任。中标后，我工程技术人员英文水平低，与人家交流起来不方便，易造成误会。综合实力太低，招标一般要国内银行担保，我们的政策还不适应或反应慢，无实力总承包，大包干的结果是分包，而分包所得往往较少，大公司又不愿干。

卡塔尔对外奉行中立、不结盟的独立外交政策，反对外来干涉，维护阿拉伯国家间的团结友好关系，主张平等、互利和对外开放的经济政策，对我关系友好。

人们为什么乐意去卡塔尔投资

卡塔尔国在吸引国外投资方面做得很好，人们乐意去卡塔尔投资。主要有以下原因：

1. 在卡塔尔，天然气价格便宜，利用天然气做燃料的项目，第一个五年，固定价为每百万热量（BTU：英制热量单位）为 0.5 美元，而其他海湾国家为 1 美元。

2. 用电便宜：由于卡塔尔天然气储量丰富，用天然气发电，每千瓦时为0.0178美元。

3. 有完善的基础设施。

4. 工业用地租金便宜。

5. 进口关税低，绝大多数商品进口税为4%，机械设备免收进口税。

6. 出口不收税。

7. 对合资项目所得利润不收税。

8. 外籍人的收入不纳税。

9. 自由兑换外币，卡塔尔里亚尔可以自由兑换成美元，且汇率是固定的，1美元合3.65卡塔尔里亚尔。

10. 卡塔尔有世界一流的医疗和教育设施。哈马德医疗中心有最现代化的医疗设施，在卡塔尔，实施全民医疗免费。

11. 低通货膨胀率。

12. 有现代化的通讯设施。

13. 卡塔尔政治、社会稳定。卡塔尔是世界上最安全的国家之一，很少有犯罪。

14. 卡塔尔生活水平很高，高购买力，属世界上人均收入最高的国家之一。

15. 优越的地理位置，地处欧亚两大市场的中心位置。

16. 卡塔尔愿意在贸易、工业和服务行业与国外进行合资，也欢迎国外单独来卡投资，外国投资在卡受到国家的保护。

17. 在卡很容易招聘到懂各种技术的雇员。

18. 在卡有很多可供赚钱的项目，特别是石化工业。外国投资者最终可以获得理想的回报。

附 录

索马里经参处前

1990 年， 在索马里最后的一年， 战乱中的日记

1 月 18 日

昨天，广西公司只供了一个上午的电，也未给大院其他单位供电。对此，四川公司很有意见，汪经理在电话中跟我讲，发电机是经参处的财产，为什么不给其他单位供电？

处务会，参赞对我处去年的工作进行了总结。在谈到大院工作时说，大院工作头绪很多，各单位都有本位主义，如水电费的分摊、清理垃圾、治安等问题。有的单位口头上讲得很好，但是，一收钱，事就来了。

在对外方面，我们要做好自己范围内的工作，保证人身安全。

索方讲，你们在这里是挣钱的，应给他们钱。盗窃现象严重，把窃贼轰走完事，不能感情用事，现已发展到武装团伙作案。

2 月 5 日

外交部要求我馆人员做到：

严格纪律是外交工作顺利进行的保证，外交人员是文装的解放军，必须服从党中央、国务院的指挥，忠于党，忠于祖国，忠于职守，严守纪律，要突出抓外事纪律，抓好组织纪律、保密纪律。

关于大院安全事，现在偷盗事件越来越频繁、猖獗，已发展到武装抢劫的程度。大前天晚上，匪徒蒙面进入四川公司院内作案。前天晚上，该公司100 多根镀锌管被盗。

2 月 13 日

上午，索服装厂经理哈桑来我处与我谈合营服装厂事。他谈了索目前的形势，他说，因社会动乱，同我的合营项目要推迟一下，在街上，抢劫的人不是老百姓，而是军人，总统在电视上公开讲，商人不纳税，可以去抢他们。哈桑说，他本人身上就带着枪以自卫。他劝告中国人上街要注意安全。他说，西亚德很有手腕，收买一个部族打另一个部族。少则半年，多则一年，索局势会有变化，届时再继续谈项目。又说，西亚德共有 30 多个子女，一些关键部门，像银行、军队、财务部等都由他们控制。

哈桑今天讲的这些情况很重要！

2 月 14 日

给上海纺织工业局去函，答复该局 2 月 10 日长途电话所提问题：因索政局不稳，索服装厂经理 13 日来我处告，该项目暂停。

2 月 24 日

以成套公司党委书记陈××带队的 5 人工作小组于 4 月中下旬来索，共同探讨新形势下如何做好专家政治思想工作事。

3 月 1 日

大使讲形势：西亚德政权确实面临很大危机。他搞家族统治，家族成员均高官厚禄。搞独裁统治，很有手腕，搞表面上的部族平等。

1986 年 1 月，局势相对稳定。7 月份他受伤后，开始抢权，把自己的人往军队里塞。1987 年，儿子任 72 军司令。形势从 1988 年 5 月份北方战争开始恶化，儿子马斯雷提拔为国民军总司令，女婿为警察司令。

最近政府改组，设 20 个部，其中 7 名旧部长留任，新部长 13 个。内阁中懂专业的人多了，西亚德属马列汉族，新内阁中只有内政部长一人为马列汉族，但军权全在他儿子手里。

3 月 9 日

晚，在索的 5 家中国公司联合举行招待会，欢送离任的施承训大使。

四川公司汪经理代表 5 家公司讲了话。他在讲话中，感谢大使在职期间对公司工作的关心和支持，称大使是抓经济外交的榜样。

施大使在讲话中讲：为什么要抓经济外交，这是国内的指示。他向各公司、专家组学到了不少关于经济工作的知识。现在外交工作要立足于第三世界。最近在日内瓦举行的联合国人权会议上，以 17 票对 15 票的多数否决了西方国家提出的制裁中国的议案，这 17 票中其中就有支持中国的索马里的一票，这是一个很生动的例子，说明我们援助第三世界有重大的政治意义，也说明，援助是相互的。

3 月 16 日

上午 9 时，中建广西公司邓经理和该公司宋工（电工）来处告：水泵被烧坏。

经查，大院水泵使用情况如下：

1. 1988 年 11 月 29 日，打井队用 27 万先令购一台新水泵，1989 年 7 月 8 日被烧坏。

2. 1989 年 7 月 8 日，又花 120 万先令购一新泵，至今又被烧坏。

3 月 17 日

我经参处隔壁卷烟火柴厂（以下简称烟厂，由中国援建，早已建成移交给索方）财务经理马林来我处告，烟厂水井电开关有问题，请我们派人去检查一下，陪同宋工前去检查。经查，需测试水泵三相是否平衡，决定明天上午 9 时再去查。

广西公司邓经理去商店了解水泵情况，每台 370 万先令。

3 月 18 日

上午陪宋工、新到任的成套公司驻索代表李××去烟厂检查电开关。宋工讲，他同李是大学同班同学，都是机电专业。

下午，广西公司邓经理去购水泵，决定明天安装。

3 月 19 日

安装大院水泵，下井管，共 14 根，100 米深。从 12 点半开始，到 3 点安装完，4 点开始抽水，6 点开始供水。

3 月 21 日

昨天去烟厂测试水泵，因停电未测成，今天继续测，发现旧水泵已坏。根据马林意见，测试新水泵，抽水成功。我告诉马林，因绝缘太低（0.15），使用寿命无保证，决定明天往井里安装。

3 月 22 日

由广西公司宋工负责安装烟厂深井泵，下午 1：30 开始，4 时安装完，运转正常。

这里顺便简单说一下，我大院供水有两个系统，一是烟厂水井的水，二是大院自备的一眼水井，虽然只一墙之隔，但两眼水井的水质截然不同，烟厂水井水质较好，可勉强供我大院做饮用水；大院的水井水质较差，只供洗菜、洗澡用水。用于洗澡时，头发会黏在一起，据说水中含有一种叫镁的元素，故常驻大院的中国人为了洗澡时头发不黏在一起，需要用一种国内带来的硫黄皂。用烟厂的水，烟厂定时从大院收费。

3月26日

部援外司、成套公司（90）成发字第95号文：关于招待所维修的批复。内容如下：

同意招待所维修计划，维修费用控制在19279美元的索先令内使用，从援外经费其他支出中列支，于1990年经援财务决算报国内核销。

3月30日

今天是公休日。

中建广西公司经理部组织干部到经参处参加义务劳动，为已安装好的经参处两只水罐接水管，一是将烟厂的水引向食堂和厨房，供洗菜、洗餐具用，二是饮用水，由四川公司帮助到自来水公司拉水（该公司饮用水也到外边水厂去拉）。

从上午8时到晚7时，只接通了洗菜、洗餐具的那只水罐，用了3″和1/2″的管子各30米，管子和配件是广西公司帮助解决的。

宋工告诉我：“我非常同情你，这工作不是你应该干的，你们经参处有二秘，又有小年轻的，你随便指定一位在这儿陪着我们干就可以了，如果有什么解决不了的问题，再找你。不需要你一天到晚陪着我们干，这样我们心里过意不去。”

3月31日

上午，陪同宋工查看经参处单身宿舍水管走向，以确定水罐供水线路以及所需材料。

所需材料如下：

φ″1 镀锌管71米；浮水阀1个；直角弯头12个；三通3个；活接头2个；球阀3个；直管箍10个；

φ″2 管的：堵头2个；单向阀2个；$\varphi2″\sim\varphi1″$大小弯头3个。

经商四川公司汪经理，他们可以帮忙解决上述材料及配件，他给海港组于经理出个函，由海港组帮助解决。

4月1日

1. 上午去四川公司，汪、于二位经理答应下午将管子送来。

2. 经贸部电告：以人事司副司长徐鹏飞为领队的4人工作组于5月初抵索，对经、商处干部进行考核，研究政治思想工作，还有可能研究经、商处合并事，该组还要去马达加斯加和毛里求斯。

3. 商务处小程告：吉诺（中国人在索的朋友）在大街上发现有传单说中国政府卖武器给索政府，吉捡到了一份译成中文后交给商务处，认为此举不友好。

4. 下午四川公司海港组将镀锌管71米及配件送来。

5. 同宋工查看招待所茶炉接水管，需部分配件，请江苏公司解决。

4月3日

经参处单身宿舍水罐供水管接通，晚10时供水，发现水罐支架被压弯，需加固。

4月5日

上午8时，组织经参处、招待所等单位去墓地为在索死亡的中国人扫墓。

4月6日

广西公司领导利用公休时间带领干部到经参处参加义务劳动，加固单身宿舍被压弯的水罐支架。

4月21日

上午去广西公司谈招待所客房改造事，该公司领导同意开会研究，预计五一后可开工。

4月23日

经参处单身宿舍、食堂无电，经查，发现大院缺一相电。

新任大使徐英杰昨日抵馆。

4月24日

上午同宋工、老李去烟厂检查电总开关，无问题。又查看线路，发现通往大院的线路断了一根，需抢修，否则大院将断水。

抢修需一根 15 米长的铜线，四川公司可提供，但要收费。对此，广西公司不同意，他们讲，要算钱的话，连人工加材料一起算，因为宋工是他们公司的人。下午 5 时线接通。

4 月 29 日

以部人事司副司长徐鹏飞为领队的 4 人工作组和以陈子斌为领队的成套公司专家思想工作组 5 人下午同时抵达。

5 月 2 日

下午，徐鹏飞找本人谈话。内容：处内人员情况，对经参处工作有何建议。

5 月 6 日

下午，徐鹏飞第二次同本人谈话。

徐鹏飞讲，我们这批 60 年代中期毕业的大学生现在是骨干，国外每个处都有 1—2 个，是业务骨干，而且这部分人中的外语干部已不太多了。

徐鹏飞表示，这个处的条件很差，很艰苦，回到国内后，一定要向领导和有关部门呼吁，在财力方面给予照顾，改善生活条件。无非是一个水的问题，一个电的问题。

徐鹏飞认为我处的团结较好。新到任的徐大使来馆前，听他的前任讲，经参处的团结不错，他的前任很满意。工作组对经参处的工作很满意。

徐鹏飞评价本人对自己要求严格，组织纪律性强，工作中不怕苦，坚决完成领导上交给的任务（对大院的水电管理等）。不足之处是太直，说话如婉转一点，效果会更好，这可能与山东人的性格有关。对年轻同志要严格要求，责任尽到了，他们不听，出了问题，由他们自己负责。

5 月 9 日

经贸部人事司工作组和成套公司工作组最后向大使汇报时，对我处的工作给予了肯定，认为这里的条件比想象的还要差，还要艰苦。人事司的工作组认为房子应该维修，应增添设备。

5 月 14 日

上午去广西公司谈大院发电用柴油问题。

关于招待所客房改造问题,他们已研讨过。

5 月 28 日

1. 上午广西公司去市场上了解到索市场油料价格:

(1) 汽油每公升为 350 先令,运到大院 353 先令;

(2) 柴油 200 先令/升,运到大院 203 先令;

(3) 从 5 月 23 日到 6 月 30 日,全国柴油实行定量供应,以后怎么办,尚不清楚;

(4) 在索中国公司未被列入计划,必要时要到外边排队加油。

2. 现在大院的柴油情况:油库已空,上次四川公司所给 400 升,用于发电 6 次,尚剩 100 公升,计划用于大院每天抽水半小时,以保证洗澡用水,大院照明用电不得不停。

3. 广西公司建议:

(1) 经参处用外交使团名义向索有关部门申请指标,确保经参处用电,如能多争取一点,可供大院用;

(2) 要求索电站保证供电,把用于买油的钱给他们,钱由大家分摊;

(3) 通知各单位,自行解决照明用电。

5 月 30 日

昨晚,广西公司只发了半小时电供抽水用,后改用小发电机发电,供他们自己照明和看电视用。四川公司也自己发电。其他单位无发电设施,一夜无电。

6 月 13 日

四川公司老陈讲,新上任的税务局长向他们索要建筑材料,否则要他们缴纳 9600 万先令的企业所得税、1200 万先令的当地工人所得税。他们没有答应,准备送他点建筑材料。对此,他们很头痛。

6 月 14 日

索局势,最近 114 人签名上书,成立和解委员会,要亚德西下台。据外交使团介绍,政府正在根据名单抓人,明天可能发生类似去年"7·14"事件，可能会有游行示威。

6月17日

关于索百余人联名上书，要西亚德下台事：

5月23日，索前政府的一些官员和各届知名人士共114人联名上书西亚德，要求召开执政党、反对派、地区领袖、著名宗教领袖、知识分子参加的"全国和解救国会议"，成立看守政府，以解决索面临的危机。签名人包括索第一任总统奥斯曼、政府议长、大法官、部长、部分部族长老、宗教领袖、商人、知识分子和其他有关人士。

7月1日

1. 上午烟厂财务经理马林来告，烟厂水井的水泵有问题，要求帮助检查一下。同宋工、李冠群前去检查。经检查认为，70%～80%是水泵电机有问题，决定7月4日（1、2、3日是索公共假日）。

2. 水泵本身的问题。

3. 索电网供电质量有问题：①电压太低；②三相不平衡；③电压周波不够（水泵是50周波的）；④内部产生过电压。

潜水泵最大的问题是密封问题。

四川公司老陈讲：他们的电传机最近被击穿，最近他们去阿夫高依水厂（距首都约20公里）拉水，那里水厂的水泵也被烧坏。

据此，索电网的问题可能性大。

会上决定：明天由招待所大李和宋工等去商店购水泵（各家垫款），江苏公司出吊车取出水泵，广西公司出技术。

7月3日

1. 上午取出大院水泵，经检查，确认电机烧坏。

2. 安排明天去烟厂取出水泵，用江苏公司吊车。

7月5日

购新水泵一台，400万先令。

7月7日

往大院井里下水管，所用6根1.5″镀锌管由江苏公司解决，至11∶25

下完。下午4：20水泵接通，开始往水池里抽水，晚7：20开始供水。

7月9日

烟厂经理告：索供水公司对打捞掉进井里的水泵毫无办法，要求我帮助打捞。

7月13日

江苏公司晚在TALEH饭店举行冷餐会，欢送到期将离任的龚志长经理，欢迎新到任的马经理，共40人出席，支出90万索先令。

7月16日

昨晚9时55分，我使馆发生爆炸，地点在大门外橱窗与大门口之间，爆炸气浪很大，院内办公楼的玻璃被震碎，未有人员伤亡，警察闻讯赶到。使馆门前大街戒严。

上午，大使紧急约见索外交部长，进行交涉，并立即向国内作了报告。

使馆分析，这次炸中国使馆，目标很明确，是反政府组织所为，旨在破坏中索友谊。使馆要求各单位提高警惕，注意安全，无事不要外出，不要同索人发生冲突，索政府尽管同我友好，但已是力不从心。

鉴于上述情况，我处要求各单位无事不要上街，不要单独一个人上街，要安排人员在驻地周围巡逻。进一步加强大院的警力，现在大院已有6名警察，可再增加几名。

大院也有个别公司认为，雇警察没有用，照样丢东西，前两年没有雇警察，也没有丢东西。

大院要求：不要随便放人进大院，要预防反华势力向我打暗枪，偏僻的地方不要去，在外边不要招惹是非，要把外出缩小到最低限度，白天外出至少要2人以上，防止被绑架。现在是非常时期，不要怕麻烦，各单位如发生不测事件，不要慌乱。

我已通知看大门的易卜拉欣，不在大院工作的当地人，白天一律不让进大院。已通知驻大院警察，晚7时关大门，晚上大院内的卡车不得外出。

7月17日

1. 至7月16日，招待所第四排客房已改造完毕，接着改造第三排，总费用为7万人民币。

2. 大院这次所购水泵及所用 30 米管子共支出 450 万先令，已由各单位分摊完毕，其中，四川公司 130 万先令，江苏公司 90 万先令，广西公司 90 万先令，中水、成套和招待所各 30 万先令，经参处 50 万先令。

对以上的分摊，有的公司提出了不同意见。四川公司汪经理讲，应按人头分摊，他们在大院共 7~8 人，而广西公司 60~70 人。中水公司刘经理讲，昨天下午成套公司老李找他讲，应按人数分摊。刘说，以后再遇到这类事，人工费、材料费、设备台班费，通通计入，然后再按人数各家分摊。

我把广西公司出技术、出人力，江苏公司出管材、出吊车，四川公司什么也没出的情况向汪经理讲了，他说，这次就这样算了。

根据大家的意见，重新做了调整：中水、成套各减到 15 万先令，广西公司加到 100 万先令，招待所加到 40 万先令，四川和经参处不动，仍分别各摊 130 万先令和 50 万先令。

7 月 23 日

1. 索形势继续恶化，本月 6 日体育场举办洲际足球赛，发生了流血事件，人们高呼反西亚德口号，警察向群众开枪，死伤数人；16 日我馆大门口被炸；在此之前，美国使馆也被炸过。部分索人对我不满，散发反华传单，在此情况下，国内要求我们保持镇静，加强组织纪律，加强内部团结，保持高度警惕，无事不外出，非外出不可时，至少要 2 人，加强各单位之间联系……

2. 晚 11 时，索警察局发生爆炸，在此之前，电话局附近也爆炸过。

7 月 24 日

听农业部官员说，摩市警察总署和欧共体驻索总部都爆炸过。

广西公司讲，美国派了 300 名海军陆战队队员来索，保卫他们的使馆和侨民。

另有传说，有人声言要绑架中国大使。

大使昨天谈到目前索形势时说，从经济上看，过去一年虽然很困难，但都过去了。今年不同，最近形势急转直下，中国大院目标大，设备、材料多，要做些防范工作。如形势进一步恶化，老弱病残者先撤回。各公司，项目完工后尽快撤出。

7月26日

为缓和矛盾，西亚德最近采取了一些措施：

释放了45名"宣言"签字者；召开了特别部长理事会；明年2月举行大选；外交部长分别接见各国驻索大使，向他们通报了索当前形势，准备实行多党制，希望得到他们的援助。

索国内矛盾全面激化，同反政府组织谈判毫无进展，各种政治派别乘改革之机纷纷登场，百余人的"宣言"签字运动就是在这种情况下发生的。"宣言"签字人被释放时，人们热烈欢呼，数以万计的人走向街头，高呼打倒西亚德的口号，6日体育场发生流血事件。

索经济形势更加恶化，西方国家停止了对索的经济援助。政府发不出工资，政府工作人员不得不找第二、第三职业，失业率很高，政府机关处于瘫痪状态，老百姓每天只能吃上一顿饭，食不果腹，盗贼蜂起，社会治安进一步恶化。我"中国大院"三天两头遭抢劫。索政府部门的高级官员月薪仅10美元，而他们每月的生活费却要200美元，怎么生活？只能通过各种途径敲诈勒索。人们看不到前途，看不到希望。

为此，索人心涣散，人心思变，高官及有钱人的家属纷纷逃往国外，到苏联使馆办签证的排成长队，拥挤不堪。索先令大幅贬值，黑市上美元同索先令的比价已达到1：2800。

总之，索形势正进一步恶化、动荡。有人说，西亚德政权最多能维持到10月份，有人则认为还能维持一年。

8月1日

晚，使馆举行"8·1"招待会，馆前马路戒严。

8月2日

上午，摩市警察准将到大院查看治安情况。

凌晨2—3时15分，索窃贼驾驶两辆皮卡车驶入大院四川公司仓库盗窃，盗走该公司数箱玻璃。以这种方式盗窃，已是连续第三个晚上了。

凌晨2时开始，伊拉克入侵科威特。下午伊军已控制科首都，科机场关闭，美、英强烈谴责。伊电台讲，科威特革命已推翻其政府。

8月4日

安排为烟厂打捞水泵，由四川公司解决吊车。

广西公司为大院大门购一把锁，1.5万索先令。

8月5日

召开大院各单位负责人会议，专门研究大院的安全问题。鉴于连续几夜窃贼驾车到我大院行窃事，大家一致意见是，大院大门加锁，每家公司一把钥匙，轮流开关大门。各公司轮流值班，每周一次，晚7时锁大门，晨6：30—7：00开。

根据摩市警察准将阿旦建议，请他帮助雇一些已退休的警察，这些警察素质较高，有经验，但工资要比一般警察高。

请四川公司帮助经参处制作滑动大门（原来大门不甚坚固，且被汽车挤扁）缺部分材料：槽钢35米，轴承、板扣2套，请江苏公司帮助解决。

8月6日

1. 继续帮烟厂打捞水泵。
2. 同广西公司两位经理谈招待所客房改造事。他们预计年底可完工。

8月7日

上午跟武官一起去见阿旦准将，请他帮助雇数名已退休的老警察，阿不在。

索局势：7月15日上午，索政府在首都开庭对"索马里宣言"41名签字人进行审判，约5万名群众走上街头，举行反政府游行示威，抗议对这些人士的审判。游行群众群情激愤，高呼打倒西亚德的口号，他们手执棍棒、石块，同警察发生冲突，有数人受伤。

游行自上午9时持续到下午1时，迫于群众的压力，政府最后判决41人无罪，予以释放。

群众对政府镇压"宣言"签字人不满，加之最近发生数起凶杀事件和摩市体育场的惨案，激起群众更大的义愤。此次大规模的群众游行示威，是他们不满情绪的表露。

在此次游行示威事件中，中国公司有两辆车被劫持，使馆一辆车被砸坏。

8月8日

曾在中国留学数年的索朋友吉诺反映，看大院大门的易卜拉欣每月8000

先令的工资太低，上下班乘车费为 650 先令，而在中国公司工作的雇员，每月 5 万先令，他要求给易增加工资，经各公司同意，每月给易增加到 1.5 万先令。

8 月 9 日

参赞母亲病重，是否回去待定，接替他的人选国内已定，为成套公司副总经理傅光庭，何时来索，后告。

8 月 10 日

今夜凌晨 1 时 30 分许，江苏公司仓库被盗。窃贼作案时，驻大院警察威胁我值班人员不要追。待窃贼离开后，他们开了几枪，真可谓"开枪为窃贼送行"。

8 月 11 日

1. 招待所新改造好的第四排客房昨天已开始住人。
2. 地区警察司令来告，昨天他们抓到了 4 名盗窃大院建筑材料的窃贼。

8 月 15 日

继续帮烟厂打捞水泵，仍未捞上来，需研究另外的方法。

8 月 20 日

上午，召开处务会。

谈到费农项目时，参赞讲：索方派到农场的费农主席，一年只在农场待了 8 天，什么都不干。他结婚时，从农场拉走数吨钢材。此事已同主管费农的农业部长谈过。

费农今年计划播种 1400 公顷，因无生产资料，只能播种 800 公顷。

8 月 22 日

1. 四川公司成都公司港口工程结束，从工地搬入大院后边四川公司设备材料场地，他们要求用大院的水电，因大院内电负荷过重，同广西公司宋工商量，只供他们照明和食堂用电。
2. 昨晚，江苏公司和四川公司被盗。

8月23日

上午，广西公司邓经理告：21日晚，3大箱玻璃和一大桶油漆被盗。

也是在这天夜里，江苏公司2方多木材被盗，在盗贼作案时，警察用枪把他们堵在房间里，待盗窃木材的车辆离开后，警察连开了3枪。

也是在这月一天夜里，后面四川成都公司那边，7~8个蒙面窃贼前来作案，该公司一名人员被打伤。

8月25日

上午四川公司汪经理和翻译小何去见贝纳迪尔州警察司令阿丹，谈中国大院的安全问题。自阿丹（8月2日）来大院视察后，大院的治安情况进一步恶化。窃贼有时连续几个夜晚驾着皮卡车到大院作案，窃贼身上带有匕首，甚至枪支，而中国人则手无寸铁。仅本月21日一个晚上，就有四川、江苏、广西三家公司被盗，驻大院的警察对窃贼非但不予制止，反而与窃贼相互勾结，他们用枪把中国人堵在屋内不让出来，也不让喊叫，否则就向他们开枪。昨天，在光天化日之下，窃贼将大院的院墙紧贴着地皮凿开一个大洞，进到院内，盗走四川公司几个大型汽车轮胎（每个价值约600多元）。

汪经理要求阿丹将军采取严厉措施，确保中国人的人身和财产安全。

汪经理同意上次阿丹视察大院时所提建议，同意雇佣数名退役的老警察，他们素质高，经验丰富，可靠，并向他们支付较高的薪酬。

阿丹讲，现在这样的警察很少，美国使馆雇用了30名，法国使馆25名，意大利使馆26名。阿丹答应，他将告诉大院内的警察，履行好自己的职责。

当晚7时20分，警察局派了十多名全副武装的警察，乘巡洋舰吉普车，来到中国大院，叫开大门，查看院内的治安情况。他们讲，他们每天晚上都要来巡逻，如果发现有什么情况，可随时给他们打电话。

8月26日

四川公司汪经理来处讲：昨晚贝纳迪尔州警察司令阿丹及区警察司令等人，来我大院视察治安情况，汪陪着他们查看了窃贼作案现场，他们查看后提了几个建议：①院内灯光太暗，有的地方无灯；②围墙上可以架设电网，电死人中方不负责任；③他们派一警官来，晚上同中国人一起乘车巡逻，检查院内警察是否睡觉；④驻院内警察如发现窃贼作案可开枪。

昨晚，成套公司一仓库门被窃贼扭开行窃，之后又去江苏公司作案。对此，该公司负责人反应强烈，他们要求使馆（经参处）向索方交涉，要求保证中国人的生命、财产安全，该负责人说："中国人的人格、国格哪儿去了？中国人太软弱了！"

8月27日

专家组长、经理会议，参赞主持。

参赞重点强调了索马里目前形势，向什么方向发展，谁也说不准，要求各单位做好应变的准备，首都以大院为主，南方几个项目以费农为主。

关于防盗、防抢劫问题：这几乎是索全国性的问题，要求使馆、经参处拿出个什么好的办法，确实很难。增加警力？也只能是这样。发枪？发多少？国内也不会批。怎么办？要集思广益，靠暴力是不行的。装电网？电死人怎么办？我们采取措施，在大门加锁，他们又在墙根上挖洞。从政府方面，我们积极交涉。总之，一方面，我们要把他们轰走，另一方面，还要保证我们自己的人身安全、财产安全。西方人在这里，也并非无问题，我们在人家的国土上，拼不过人家，采取过激的行动，对我们是不利的。夜里值班至少要两个人，千万不要采取过激行动。

参赞向各专家组和公司提出下列要求：

1. 加强人员的思想政治工作，加强思想教育。在目前形势下，思想要稳定，要镇定。各单位要严格要求，加强组织纪律性。

2. 加强外事纪律，要维护国格、人格，发现有什么情况，及时报告。

3. 加强安全、保密工作。

参赞最后说，家里有点事情，定于9月4日回国。不在期间，处内工作临时由张聿强同志负责，希望大家支持他的工作，各单位要相互支持、协商，遇事要冷静、耐心。

最后，大家发表意见：关于大院的安全问题，院大防不胜防；电的问题，也是个大问题，用电量越来越大，为防盗增加照明，用电量会更大。线路是个大问题，原来的供电线路已不堪重负。

8月30日

1. 昨晚，江苏公司数根角钢被盗。

2. 晚11时，区警察局长受阿丹将军指示，率10名警察来大院。执行巡逻任务，要求不要锁大门，以便他们执行巡逻任务时进出方便。当夜，大院平安无事。

9月1日

1. 本月先令同人民币比价为 1：0.002092。

2. 晚加餐，欢送参赞 3 人。商务处全体、新华社记者小王出席。

9月4日

参赞等 3 人今天下午乘苏航回。临走前，他又临时召集了个处务会，说了几件事：

1. 要密切注意索目前形势发展。

2. 项目上的几个问题（略）。

3. 要加强组织纪律性，有事外出一定要打招呼，无论去什么地方，能多去人就不要少去。小魏（女）出去办事，要由孙司机陪同；张聿强同志要经常去使馆看报，有事多向大使请示汇报。

中午 12 时，我们正在吃午饭，忽听我们的狗狂叫。我们跑出去看，发现一小偷从烟厂翻墙到我们院内，准备行窃。被发现后，又翻越我处与江苏公司之间的隔墙，到该公司那边去了。

下午 4 时，孙、魏正在房间内谈了今天小偷进到我院行窃事，又发现 2 名小偷在王粤宿舍外边走廊开抽屉，我们的人赶去时，小偷逃走。

晚，同蒋、孙去使馆，向郭参赞汇报了白天发生的三起小偷进到我院作案事，郭建议我们向大使汇报。大使听完了我们的汇报后，指示武官明天去见警察司令。

下午 6 时许，区警察司令来江苏公司加油，我向他讲了白天小偷三次进到我院作案事。他讲，晚上他将到我院巡逻。他还讲，进到我院作案的是小偷，还有带枪作案的大偷。他说，现在摩加迪沙治安情况很糟，他们的警力有些顾不上。

9月6日

上午，邮局、新闻处等三处发生炸弹爆炸，至少 2 人死亡，2 人重伤，7~8 人轻伤。

9月10日

上午 11 时，一黑人小偷进到我处司机孙绍勤的房间，企图拿走一暖水瓶时被孙发现后逃走，孙追赶，未追上，只偷走了孙的一件衬衣，王粤和魏未来晾在院子中的 T 恤衫。

黑人小偷光天化日之下翻墙进到我处院内，进到房间里行窃，这还是第一次，应引起我们的高度重视。经研究，决定采取下列措施：

1. 加固电视机房的门窗。
2. 加固外交仓库。
3. 单身宿舍外边再加一道门。
4. 小魏搬到成套新建成的楼上去住。

9 月 11 日

上午，同吴武官一起去见贝纳迪尔州警察司令阿丹将军，谈经参处内安全事。

阿丹讲，现在索马里人民都在饿肚子，他们行窃是迫不得已的。现在他们的警力不够，各个私人部门都在雇警察，你们也可以自卫，我们可以发给你们武器。他说，他已告诉我们大院旁边的民兵司令部和附近的驻军，让他们保卫中国大院的安全。

阿丹还讲，前几天中国大院外边有一小偷被打死，他要同区警察司令商量如何组织大院内警察值班事。

我们将上述情况向大使做了汇报。大使讲，关于警方要给我们发武器事，要请示国内。

9 月 12 日

晚 7 时，出席埃塞使馆国庆招待会。

9 月 13 日

就中国在索公司屡屡被盗和小偷进到我处职工宿舍行窃事，电告国内。

9 月 15 日

费诺力农场华组长来首都。他告：9 月 9 日晚，水利组被盗。被盗走的物品有：1 台彩电、2 台录像机和 40 盘录像带。

9 月 17 日

据不完全统计，自今年 7 月份以来，我在索各公司被盗情况如下：

1. 中水公司价值 7000 美元的钢材。

2. 7—8月份，江苏公司8次被盗，价值约20万元人民币；

3. 四川公司仅一个晚上就有价值3万多元人民币的玻璃被盗。

9月18日

晨6时，我援巴洛温农场告急：

两天前（9月16日），离巴农最近的城镇马哈代尔（距巴农约10公里）发生枪战。据了解，军方死5人，游击队死3人。当地政府正在疏散妇女和儿童，形势一触即发。17日军方来农场搜索，驻农场的索方官员已逃离现场。我专家组派往马哈代尔拉水的拖拉机被抢，专家组的安全和生活用水受到威胁，如拉不到生活用水，我们在此将无法生活。为此我组拟暂时撤退到经参处招待所。当否，请即告使馆并商索农业部后尽快转告我们。

以上特此报告。

巴农专家组组长：胡祝辉

8时去使馆，就巴农告急报告向大使做了汇报，并研究决定：

1. 王粤即去索农业部交涉，因部长和两位副部长已去朱巴河下游考察，未谈成。

2. 王粤由司机开车，即去巴农，看望专家并了解情况。因孙司机临时不在，王粤只身一人驱车前往，后我又派了几个人去。

下午5时，王粤回，讲了那边的情况：那一带是政府军和游击队割据地带。游击队骚扰一阵后离去，他们强行要粮食。专家组用水可到乔哈去拉。

9月19日

1. 晨巴农告：无什么特殊情况，胡组长代表全组同志向使馆和经参处对他们的关心表示感谢。

2. 巴农附近16日发生战事情况电告国内。

9月20日

大院内四川公司海港组仓库内的油漆65桶夜里被盗（油漆系从丹麦进口，100美元/桶）。窃贼作案时，用匕首把仓库门封住，不让材料员李武奇喊叫。李讲，他喊了约15分钟，无人听见。

与此同时，窃贼还把江苏公司集装箱的锁扭开，盗走数方木材。

9 月 23 日

上午 9 时，江苏公司一 15 吨翻斗车去巴拉德方向的海边石料厂拉石子，在离首都 5 公里处，4 个蒙面人携带武器，其中包括火箭筒，强行把司机推下车，把车连同 20 万先令抢走。

9 月 24 日

撰写完送国内专题报告《我承包公司和专家组大量物资被盗，人身安全受到威胁》。

自今年下半年以来，我在索公司被盗物资约 14 万美元。

9 月 25 日

1. 商务处厨师孙建国今日回国，托他带一信。

2. 使馆专门召开大会，研究大院的治安问题。大使讲，要加强对大院的管理和防范。内部要加强警卫，不要各干各的，要组织起来，做到一呼百应；找索方警察交涉不必那么勤了，没有用；还要加强人身安全、被盗窃的材料、物资要有个统计，到底有多少物资被盗，价值多少。经营方式要有所改变，找索方外交部谈，不能解决问题。

巴农的事已报国内，尚未得到答复。只要一撤，项目就完，不到万不得已不撤。

现在看，靠警察是不行了。材料放到政府仓库里保管的事，可以去了解一下。

3. 晚，大院水泵又被烧坏。今晚有外电，但断断续续停数十次，水泵烧坏的原因主要是用电负荷量增加。

9 月 26 日

1. 四川公司讲述昨晚他们与窃贼搏斗的经过。

上午，四川公司汪经理、老徐、老陈来处汇报今天凌晨 2 时 20 分发生在大院内海港组宿舍遭当地窃贼抢劫的事件：

共有 5 名当地歹徒，其中一个为蒙面人，翻进院墙内海港基地院内作案，歹徒首先把中国人的 3 间宿舍封住，我人员发现后大声吼叫，歹徒发现哪个房间有中国人出来，就冲到哪间，把门堵住，不让出来。谁喊叫，就用石头砸谁的玻璃。歹徒们要往房间里冲，我人员便尽力把门顶住，于经理的肚皮被飞溅的碎玻璃划破，他们的嗓子都喊哑了。一直闹腾到 4—5 时，歹徒才离去。

同志们情绪很不安，现在已发展到持枪往我房间里冲的地步。中国人的生命财产受到了严重威胁。保卫财产的手段全用光了。在完全丧失安全的情况下，同志们一致要求使馆照会索方。

2. 下午召开经理会，传达25日党委扩大会议精神，宣读报国内的《我承包公司、专家组大量物资被盗，人身安全受到严重威胁》的报告，征求大家的意见。

会上，四川公司海港组于经理讲了今天凌晨发生的歹徒到他们那里作案的经过。

3. 通报了大院水泵又被烧坏事。因负荷过重，连续两个晚上停电，有时每晚停数十次。

9 月 29 日

1. 上午9时，各公司领导向大使汇报治安情况。

大使讲，索局势不是一天两天、一个月两个月可以改变的。目前可能是我在索公司最困难的时期。最近，我们同索政府各部长谈了有关治安情况。有些事情定不下来，经参处可集中报国内。

2. 经贸部复我使馆20日电：

巴农技术组克服困难，在严峻形势下，坚持岗位，表现是好的，请你馆以经贸部名义向技术组表示慰问。同意你馆意见，在专家安全受到威胁的情况下，专家组可暂时撤回首都。请使馆加强领导，协助技术组做好应变准备。

10 月 1 日

1. 9月27日，大使约见索外交部副部长，在谈到我"中国大院"安全问题时，副部长说：索政府对中国朋友的安全深表关注，在新政府的工作计划中，治安和社会秩序被放在首位。政府正在做出努力，加强社会治安。针对中国朋友的安全，已会见过内政部长、警察司令等，他们表示愿在这方面提供最大限度的便利。他说，对于外交机构，我们将全力保护，对盈利公司的安全，我们也将尽力协助，但内部安全应由他们自己雇用可靠的索人做内部警卫，在大院内执勤，院外由索方警察负责，此法可能更加有效。他说，以前他曾在意大利驻索公司做过事，他们就是这么做的，在过去六年中一直未出现过问题。如果这样做了之后，警卫力量仍不够，可从附近的民兵司令部寻求帮助。

2. 经贸部 9 月 28 日给我处来电：

据江苏公司告，该公司几乎每周都遭抢，9 月 23 日又有一辆翻斗车被抢。其他公司也有反映，索社会混乱，请你处密切注意形势发展，根据实际情况，组织项目组采取有效措施，防范于未然，如有需要，酌情向索方有关方面进行交涉，请求采取措施，保证我人员和财产安全，保证项目正常实施，有情况和意见，请及时报回。

我馆 29 日复经贸部 28 日电：

近来，索治安情况日趋恶化，盗窃事件频频发生，愈演愈烈：

1. 9 月 19 日，窃贼把四川成都公司值班人员堵在室内，劫走 65 桶油漆（每桶 100 美元）。

2. 9 月 22 日，4 个蒙面人把我值班人员按倒在地后，大肆行窃。

3. 9 月 23 日，5 名窃贼，其中一人蒙面，把四川成都公司 3 个宿舍房间封住，砸碎玻璃，我一人肚皮被玻璃划破，另一人手臂被匕首刺伤。

4. 9 月 23 日，江苏公司一大翻斗车外出拉石子途中，被蒙面人用武力劫走。

据不完全统计，自 6 月份以来，已有价值 14 万美元的物资被盗窃。

经参处和使馆多次找索警方交涉，他们曾派警力到大院巡逻，并击毙 2 名窃贼，警方最近表示他们已无能为力。

使馆党委多次开会研究对策，决定采取下列措施：

1. 改变经营方式，使之适应目前恶化的政治、经济和治安形势。

2. 照会索方，要求保护我人员、财产安全。

3. 雇用民兵或特警。

4. 实行联防，我人员同警方一起联防。

5. 索最高警方建议配备必要的武器，以便人身安全受到威胁时进行自卫。

10 月 3 日

上午 10 时，四川公司汪经理、吴武官和新华社王记者来告：四川公司海港组管理员沈家桴乘车上街采购途中，被索歹徒刺伤，现正在我医疗队所在医院进行抢救。

我闻讯赶到医院时，手术即将结束，沈处于麻醉状态。我请医疗队就沈的伤情和手术过程写一材料，随即去使馆向大使汇报，大使要求弄清事情的经过。我发现，手术室很不规范，是纱门，人可以随便出入。

下午，同汪经理及海港组徐工去使馆，由汪向大使讲了沈遇刺的经过。

今天是中秋节，管理员沈家桦由当地司机开皮卡车上街采购，沈坐在司机旁，车上还有另一名当地工人，坐在后排。当车行至××地方时，突然从路旁闪出一歹徒，手执砍刀，向着沈连砍数刀……沈满身是血，当即被送往我医疗队所在贝纳迪尔医院进行抢救。我医疗队全体同志投入了紧张的抢救工作，成立临时抢救小组。在抢救过程中，发行沈全身共有 16 处伤口，头部、颈部、腹部、右上臂、左腿下侧均有伤口，未发现有致命伤处，因失血（2500cc）过多，尚未完全脱险。

使馆当即将该案件电告国内。认为这是针对中国人的严重事件，使馆将立即向索外交部进行交涉，要求索方捉拿并严惩凶手，同时还将加强对我公司职工的教育，制定必要的规章制度……

10 月 4 日

医疗队张队长和姜大夫汇报抢救沈家桦的情况。现在血压 120/80，体温 37.5℃，后天可决定病情。

11 时，同武官去见警察司令，就遇刺事进行交涉。司令不在，约定 6 日上午再去。

10 月 5 日

2 日，大使约见副总统兼内政部长 A.S. 哈桑。哈桑感谢大使的拜会。他讲，关于中国大院的安全问题，将给警察部队打电话，要他们派警察进驻大院。前几天（9 月 29 日）监狱部队司令部发生爆炸，是意外事故。昨天有 2 名警察被匪徒打死，因前不久警察清洗了一伙匪徒，匪徒进行报复。哈桑说，他相信，经过一段时间，局势会好转，至少首都地区会变得安全。

10 月 6 日

1. 上午 10 时，就沈家桦遇刺事，再次同武官一起去见警察司令，人又不在，又未谈成。

2. 大使讲安全问题。索治安形势日趋恶化，是索经济、政治等社会问题的必然结果，现政府官员的月工资只够维持两天的生活。针对四川公司人员外出遇刺事，大使强调，我人员要提高警惕，严格外出制度，尽量减少不必要的外出，各单位之间要加强通讯联系。

3. 电告国内：沈家柽已脱险，血压、脉搏已恢复正常，体温 37.5℃。正在同索方交涉，拟照会索方。

4. 晚 6 时 25 分，巴农专家来首都途中，所乘吉普车在离首都 20 公里处被武装分子劫走。

10 月 7 日

关于巴农撤与不撤问题，大使召集参赞、武官、商务处一秘，我处有我和王粤开会。

会议一开始，首先由王粤简单地介绍了巴农的近况。巴农附近的马哈代尔镇是政府军和游击队割据地带，巴农唯一的一眼水井已干涸，一年多来，他们的饮用水用拖拉机到马哈代尔去拉。9 月 18 日，他们去拉水的拖拉机被武装分子抢走。该组目前除安全问题外，还面临两大问题，一是水，二是油。洪水季节可自流灌溉，到旱季，需提水灌溉。关于油的问题，索方答应 10 月上旬来油，可至今无消息。没有柴油，怎么提水灌溉？农场又怎么运转？我专家没有水喝，怎么生活？据联合国官员讲，巴农附近的乔哈地区，外国人已全部撤走了。

王粤讲完了后，我讲了我个人的意见。我说，我曾和巴农胡组长交换过意见，我们的意见是，我专家临时撤到首都，以防不测。听当地人讲，反政府的游击队要抓中国人做人质，此时此刻，不禁想起两年前，索北方突然爆发内战，我在北方供水组 9 名专家失踪的事件，我们一定要避免再次发生类似事件。况且，索形势的发展，对我们中国人极为不利。1988 年 5 月索北方爆发内战时，无论索政府军还是反政府军，对中国人都是友好的。据当地人讲，"双方都不打中国人"。当时，我 9 名专家落入反政府组织"民运"手里，"民运"的领导人在谈到被他们"保护"起来的我 9 名专家时说，索"民运"同中国专家同命运共呼吸，尽力保护他们的安全。"民运"副主席对一名中国专家不幸触雷遇难，"深表哀悼"。可现在是什么情况呢，反政府组织及少数索马里老百姓对我不理解，甚至采取敌视态度，他们散发反华传单，有的甚至扬言要绑架中国大使，最近发生的四川公司沈家柽遇刺事件也充分说明这问题。试想，如果现在这个时候，再发生我专家落入反政府军手中的事，会上什么结果？所以，我的意见是，我专家暂时撤到首都，况且，现在他们那儿饮水、油料都成问题，来往于首都的路上很不安全，我们大家都清楚，早撤早垮，晚撤晚垮，我们中国人不能包下索人的吃粮问题，这不符合我们的援外方针。

武官也发表了意见。

10月9日

国内对我在索人员表示慰问，要求使馆做好大家的思想政治工作，教育全体人员讲纪律，顾大局，听指挥。同意使馆所提建议，向索方交涉，要求索方切实保证我人员人身和财产安全。

关于索警方建议我配备武器事，国内认为这并不能解决我人员安全问题，且易使事态复杂化，目前不宜用民兵和特种警察。目前我公司不宜承揽新项目，签新合同。

10月14日

国内告：关于我在索经援项目，国内指示要向索方交涉，请其采取有效措施，确保我人员生命和财产安全，要使馆协助专家组做好紧急应变，甚至撤离的准备；储备生活物资、油料及饮用水；必要时妇女及年老体弱者可先安排回国；做好紧急情况下全撤的准备，并预定撤离手段和路线；人员何时撤离，使馆可根据形势的发展及各专家组所在地的治安情况提出建议报国内；将要派出的专家组暂缓派出；要求使馆加强对经援工作的领导，做好思想政治工作，稳定人员情绪。

10月15日

关于费农专家组生活费，国内答复每人每月9万先令。对此，专家意见很大。上午，同费农协调官（由农垦部派遣，副局长）、费农组长、水利组长副组长研究专家生活费问题。

10月16日

费农专家组长向大使汇报工作。

协调官：我们3位来的目的是关于专家生活费问题，现在我们的生活费每人每月9万先令，合人民币160元，在索的各单位中，只有我们经援专家组是160元，承包公司生活费为60美元，医疗队为270元（人民币）。另，从10月份开始，生活费改为贷款项下支付，改变了过去那种我给索方大钱，然后向其要小钱的做法。

水利组长：现在，工作和生活问题都很大，下一步能否进行下去还是个问题，我是持悲观态度的，不被国内所理解，也不被索方理解。我们组没有交通工具，工作很困难。有时夜里到半路上车坏了，走着去上班。我的工作很困难，很难做。12月份我组有12人到期，他们急着订机票回国；新来的同志说，他们是被骗来的。项目上的困难越来越大，医疗药品不知何时解决，急需的药品没有，关于电站的技术合作问题，夏组长写了个东西，报了上去，至今无下文。

费农组长：国内给9万先令的生活费，大家感到寒心，很多人发牢骚，认为我们是搞农业的，是二等公民，比别人低一等。思想工作短期内还可以有用，时间长了就困难了。关于生产资料问题，原来可兑换外汇进口，现在无外汇，无供应渠道。零配件多是国产的，现在有些拖拉机因缺少配件而停工。化肥、农药不足，农场很难维持下去。原来王副部长答应给4000公顷的生产资料，至今无下落。如果明年上半年生产资料到不了，下半年的生产就要泡汤，二站移交时应给的一年半的配件计划，至今未供应。

还有，索政府往那里安排了250名难民，是政府高层的决策，实际上是从首都去的，规定每人给2公顷地。这些人在那里根本就不干活，一切都是农场给他们干，他们躺在农场身上。在农场的索方经理根本就不干事。我们的人力有限，根本就顾不过来，矛盾越来越激化。开始时，难民要打索方官员，他们与索方官员的矛盾很快就发展到了与中国人的矛盾。他们吃没有吃的，住没有住的，政府原告诉他们，农场会给他们好处的，可到了那里一看，不是那么回事，我们中国人尽量不参与，可中国人不参与，他们什么事也干不成。

我们同索方官员的关系越来越难处，他们不是要设备就是要材料，整天就干这个事，胃口越来越大，除了向我们要这要那以外，其余什么事也不干。另外索方官员之间的矛盾也异常尖锐，无非是你要的多了，他要的少了。索方驻农场主席不去还好，他去了更麻烦，他拿走了10吨钢材，很多张铁皮，10吨大米。

偷盗现象很严重，8月21日偷走了21条轮胎，现在不是偷，简直是抢。

这个农场长期办下去，我很悲观，早撤早好，要么我们是无私援助。官员贪，工人不干活，真正能稳定下来的没有几个。

离首都远（约380公里），通讯联系不方便，每天只能早上6点跟我们在首都的人喊一次话；无交通工具，水利组55人，没有一辆完整的车辆。包括我在内，思想压力很大，无事大家都平安，一旦有事，谁也承担不了责任。

10 月 17 日

1. 小魏（翻译，女）因父病重，今日回国（根据国内意见）。

2. 费农三位组长在经参处谈费农问题。

协调官：那一带地区今年治安形势比去年好，只是偷盗现象严重，费农项目应维持下去，该提供的零配件和生产资料应及时提供，该向水利组派出的专家还应及时派出，答应向该组提供的车辆应提供。应做好应变的准备工作，粮食、水、油料问题不大，最大的问题是应该尽快解决通讯联系工具和水利组的交通工具。

10 月 18 日

国内关于我巴农人员暂时撤至首都来电指示：

请使馆速约农业部，向其说明情况，鉴于目前巴农地区治安形势，同时考虑到巴农的索方官员已撤离现场，该项目目前已丧失生产和生活条件，为了确保我人员安全，决定将该项目的中国人员暂时撤至首都，待治安形势好转后再返回。请索方速派人员前往农场看管生产资料，如条件允许的话，可在农场办理交接。

10 月 20 日

经贸部电：同意经援专家伙食费自 9 月 1 日起，每月按 270 元人民币的当地货币执行。

国内电：鉴于索方人员已撤离农场，巴农形势仍无好转，以索方国庆、我专家回首都汇报工作为由，暂撤至首都。

10 月 21 日

根据国内指示，我在巴洛温农场的全体人员今日撤回首都。

10 月 23 日

凌晨 4 时许，江苏公司被抢，有 2 名中国人受伤。今天，街上有游行队伍，主要街道被封锁，有枪声，群情激昂，要求我人员勿上街。

10 月 24 日

费农存放在招待所仓库里的 20 个轮胎夜里被盗，有人发现一黑人身上背着枪。

10 月 27 日

大使去农业部告：我巴农专家已暂时撤回首都事，索农业部同意。

10 月 28 日

经参处大门改建（原大门质量差，被汽车挤坏）工程，今天动工，由四川公司施工。

10 月 30 日

江苏公司单独雇用的 group A 警察今天晚上进驻大院内该公司，受到大院内原警察的干预，认为这是他们管辖的范围。

10 月 31 日

凌晨，江苏公司 3~4 吨钢材被盗。

11 月 1 日

四川公司汪经理告：

昨天，他们派黑人雇员外出拉水，在离首都 130 公里的阿–巴路上，数名武装分子把车拦住，他们问车上有没有西亚德的兄弟（即中国人），答曰没有，然后他们又上车检查。

在此之前，巴农胡组长讲，巴农的一位当地朋友告诉他，反政府武装分子要抓几名中国人做人质，以此胁迫西亚德。

11 月 3 日

巴农胡组长讲，离巴农不远的乔哈来人告：乔哈警察局昨晚遭火箭袭击，房屋炸塌。

11 月 4 日

今天把大院水泵从井里取出，该水泵于 10 月 6 日新购（750 万先令），10 月 14 日安装使用，用了刚好两个星期。

11 月 5 日

1. 江苏国际公司 11 月 1 日给经参处电：

考虑到目前索局势，公司对索工作意见：对现在手头上的项目坚持干完干好，对已发生和可能造成的损失及时与业主交涉，提出索赔要求，以确保工程效益，在经参处领导和支持下做好财产转移工作，暂不接新项目。

2. 关于为我医疗队建住房事。经贸部 11 月 2 日电告：同意在贷款项下建 800 平方米的住房，与索方换文确认。

11 月 7 日

1. 10 月 3 日遇刺的四川公司沈家柠康复后今日乘苏航回国。
2. 医疗队建住房事，决定交四川公司承担。

11 月 8 日

召开经理会，研究大院今年 4—9 月水费分摊。

11 月 10 日

我外交部 6 日约见索驻华大使，要求索政府采取措施，确保我驻索机构和人员的生命财产安全，大使对发生的事表示遗憾并允即报国内。

国内×日复我馆对索经援的建议：

我同索发展友好合作关系的方针没有变。多年来，我方克服重重困难，尽力照顾索方实际困难。甚至在形势危急时，索方官员撤离现场的情况下，我专家仍坚守岗位。对此，索方是清楚的。鉴于 1988 年我 9 名供水专家失踪时间长达三个多月，一名遇难的教训，在当前形势下，我有必要采取措施，保持主动，避免再次遭受损失。

11 月 11 日

晚，经参处举行冷餐会，慰问已撤回到首都的巴农专家，商务处全体，新华社记者小王等 33 人出席。

11 月 18 日

上午，水利局工程师加利弗和威廉来大院检查被烧坏的水泵。经查，水井无问题，从地面到水面 71 米，从地面到井底 104 米，水深 31.4 米。

经检查，水泵电机已烧坏。烧坏的原因是：电压太低，水泵起动时电压应为 400V，运转过程中应不低于 380V，而大院这两项指标分别是 330V 和 330V 以下。

解决办法：加一台变压器，换掉新水泵，由他们安装。他们有一台 4 马力的，已使用过，价格 550 万先令。

11 月 20 日
大院经理会，解释这次水泵烧坏的原因。
烟厂经理来我处，请我专家帮助检修锅炉。

11 月 21 日
凌晨 1 时 35 分（北京时间 6：35），我正坐在沙发上收听国内的新闻联播。突然，一道奇异的蓝光划破院前漆黑的夜空，即刻消失。顿时，路灯全部熄灭，整个大院一片漆黑。我不禁一惊，胡思乱想起来，莫不是外星人突降我大院，搞什么鬼名堂?！稍微冷静一点，又一想，产生了另一个念头，会不会是电又出了什么问题？要是真是那样的话，那可就糟透了！因水泵刚刚被烧坏，晚上已停水，电再出问题，那可就祸不单行了，可真叫雪上加霜，想到此处，我的心情糟透了，但愿不发生问题，至少不要出大的问题。

早饭后，同广西公司徐工去烟厂查看锅炉，突然发现从烟厂通往大院的 3 根木头电杆（因一根木杆的高度不够，下半截又接上了多半根）倒卧在地上，其中有 2 根连根拔出。我突然恍然大悟，噢，我明白了，问题原来出在这里！夜里那道蓝色的亮光由此而生！

为什么会发生这种情况？这就涉及大院的基础设施建设问题，存在着先天不足的问题。当初架设电杆时，既未从长远利益考虑，也未考虑到木头电杆会被当地白蚁吃空的实际情况，不仅索马里存在这个情况，甚至整个非洲大陆恐怕都存在这个问题。我们时常去我援索的贝纳迪尔医院，发现医院病房等木地板的地面，有的被白蚁掏空了，露出了一个个不规则的黑洞。20 年前我初到非洲时，在野外发现一座座很高的土丘，开始我不知道是什么东西，后来才知道那是蚁山！对非洲普遍存在的白蚁以及它们的害处，我们的设计人员最初大概没有考虑到这个问题，或者没有考虑到其严重性，否则不会出现上述问题，更何况当初所架设的电线属临时设施，那么医院的木地板呢？后来人们可能注意到了这个问题，有的木料地木板都经防蚁处理。

下面继续说我们大院的电杆问题。当时是临时设施，因为一根电杆长度不够高，底下又加上了半截，长期经白蚁侵蚀，加之风吹雨淋太阳晒，天长日久，这些临时架设的木头电杆的底部被白蚁掏空腐烂，一阵风吹来，便很自然地倒伏在地，其中有两根斜卧在地上，与地面形成 25° 角。

问题是，这些电杆被折断的不是时候，正是统治了索马里20年的西亚德政权摇摇欲坠的时候，正是我在索的经援事业经营了几十年而正处在收缩的时候，正是索大规模内战即将爆发之机，正是我驻大院机构、数家公司急需用电之机，整个大院的用电彻底断了，正是哪壶不开提哪壶！无疑给了我这位在大院中管水管电、为解决水电而奔波的外交官重重一击！

面对的现实问题是，需赶紧抢修。"如何抢修"整个问题已成当务之急，为防止出现同样的电杆被白蚁吃空的问题，徐工建议铺设地下电缆，四川公司有电缆，每米30美元，江苏公司马经理建议承包给索供电局，需向供电局询价（包括材料、人工费等）。

11月22日

上午，召开大院各单位负责人会，通报大院的电杆被折断导致断电及研究抢修供电线路事。因急需用电，大家的意见是不采用埋设电缆的方案，还是要架设电杆，需3根电杆。会上成立了抢修小组，明天到现场实地查看，然后提出材料清单。

11月23日

晚上，已撤回首都住在招待所的巴农胡组长讲：昨天巴农和乔哈地区遭游击队洗劫，巴农有60吨大米和数吨稻谷被抢走，我专家卧具连同房顶上的石棉瓦被掠走，轮式拖拉机被开走，履带式拖拉机零配件也被拆走，正在生长的水稻被放牧，在场的索马里经理遭殴打，子弹擦头而过，腿被弹壳击伤。游击队问索方经理："中国人哪儿去了？他们的电台在哪儿？"索方经理讲："中国人已回首都。"

当地人也讲，乔哈枪声激烈，首都通往乔哈的交通中断。

11月24日

经现场查看，需架设3根钢管电杆（为防白蚁，不再使用木头电杆），成套公司和广西公司都有，但成套的短，每根5米，需2根焊接到一起，每根价100万先令，需6根，共600万先令；广西公司的每根长10米，不需焊接，但价格高，每根500万先令，3根共1500万先令。最后决定用成套的，由江苏公司负责焊接。

11 月 25 日

1. 我处新任参赞下午 5 时抵。至此，本人经参处临时负责人的工作结束。

2. 关于抢修电杆事，四川公司出人力和机械，挖电杆坑；江苏公司焊接电杆。

3. 由四川公司施工的我处大门门垛（水刷面）完工。

11 月 26 日

下午，经参处新建大门（铁门）及两边门垛施工结束，"中华人民共和国大使馆经参处"钢牌（本人休假时带来）镶嵌在左边的门垛上，除门灯有待安装外，其余全部完工。

江苏公司焊接完电杆，还需焊接横担和涂油漆。

12 月 2 日

上午 11 时，王粤开车从外边回来讲，在街上他遇见一名警察告诉他：有一名中国人遭枪击，现已被送往贝纳迪尔医院，可能是广西公司的人，车被劫走。

我当即开车去贝纳迪尔医院，发现广西公司的材料员冯瑞云（三十五六岁）已躺在手术台上，准备手术，冯的左手中了一弹，尚在流血，一子弹从右臀部斜穿过，左臀部也中了一弹，子弹尚未取出。了解完情况后，我们又去了使馆，向大使和参赞做了汇报。当即，电告国内并照会索方。

据说，今天索共有 24 辆吉普车被抢，联合国驻索机构有 4 辆车被劫。

上午江苏公司又有一辆外出拉料的车，在离首都 100 公里处被劫走。

晚 9 时 15 分，首都发生枪战，数百人伤亡。

夜里凌晨时分，经参处单身宿舍一空调被盗走。

费农驻招待所的小范讲，昨天他们的司机从费农来首都途中，在布拉瓦遇上了枪战。

12 月 3 日

因昨夜我处单身宿舍一空调被盗，我们估计今晚小偷还有可能来盗其他空调，故我处夜里全体出动值班抓盗贼。夜里大约 12 时许，真的有一盗贼从隔壁烟厂翻墙进到我院内，准备行窃，窃贼发现了我们的人后，向我院内其他方向逃跑，司机孙绍勤突然闪出，照准了窃贼狠狠地给了一棍子，其余人也边喊边朝着盗贼扔石头，盗贼逃走。

12 月 4 日

在大街遭枪击的广西公司冯瑞云讲：他开车上街采购，把车停在街旁，他从商店出来时，一歹徒向他走来，要他交出车钥匙。冯跟他讲："中国人是索马里人民的瓦拉鲁（索语，兄弟、朋友之意）。"歹徒讲"我开枪打的就是瓦拉鲁"！说着便向他开了枪。

12 月 5 日

1. 凌晨 1 时 30 分（北京时间 6 时 30 分），我中央人民广播电台报道了索马里局势：

"据开罗消息，索反政府军已打到离首都 30 公里的地方，首都一片混乱，政府正组织力量进行反击。政府和反政府武装组织本月 12 日在开罗谈判。"

2. 上午，我去机场接人。在机场遇见土耳其使馆一秘，他讲：昨夜索外交部非洲司司长在家遇刺身亡。

3. 巴农专家组胡组长在办公室让我看了该组"1990 年工作简报"，其中有关他们组撤至首都事是这样写的："由于经参处及时采取措施，在不安定的大局中保证了同志们的人身和财产安全。为此，专家组的全体同志衷心感谢驻索马里使馆经参处的领导，是他们的及时决策避免了巴农专家组的 10 位兄弟遭受厄运，请求有关上级领导给他们记一功。"该简报接着写道：

"11 月 21 日，中国专家组撤出后一个月，有三四百名游击队袭击巴农，他们抢走了中国专家组和农场的生活物资、现金、粮食、机械设备，破坏了机器房舍，接着附近的农牧民上千人把农场洗劫一空，连房顶上的铁皮瓦也被揭走了。游击队殴打索马里经理，并追问中国人到哪儿去了。有的同志说，幸亏我们的人撤了出来，否则不堪设想。"

4. 四川公司汪经理接到他们国内总部长途电话询问：这里准备采取什么措施？

12 月 6 日

大院供电线路抢修工程上午开始架线，由广西公司组织架设。

去索供水局联系派技术人员来大院下水泵。

12 月 8 日

供电线路今天架设完，电已接通，但需测试烟厂配电房的电阻。

12 月 9 日

上午 11 时，线路接通，大院开始供电。这是自上月 21 日 3 根电杆因底部腐烂而被风刮断停电以来，首次供电。19 天的时间无外电，给人们的生活带来了不便和困难。巧合的是，这段时间，广西公司在麦尔卡承包的供电工程结束，人员全部撤回，在这次抢修过程中，他们发挥了重要作用。这次抢修工程，虽然存在一些困难，时间紧迫，但在大家的共同努力下，还是比较顺利地完成。水利组给解决了 1500 米铝线，成套公司解决了电杆。

上午 10 时，大院的水泵也安装好了，试抽水成功。这次水泵是 10 月 29 日被烧坏，大院的水井停止供水，时间长达一个月零 10 天。天无绝人之路，这段时间，烟厂供水还算正常，在有外电的情况下，基本上能供水，只是水量不大，中间曾停过几次电，连续 1~2 天无水，只得白天存些水，供晚上洗澡用。

3. 广西公司讲，今天下午联合国机构有 100 余名家属撤离，广西公司已中止了麦尔卡供电项目，人员全部撤回。他们承包的朱巴饭店维修项目合同也已中止，42 人本月 12 日回国。

4. 警察负责人梅尔西下午讲：我大院地处最危险地区，应撤到市中心，他们愿派警察保护我们。

5. 江苏公司小徐讲：昨天菜市场附近有 100 多人被打死，他们公司雇当地人给他们买菜。

12 月 10 日

BBC 今晨广播：美国国务院要求在索的美国公民全部撤离，使馆人员也要精简。报道还说，最近索首都抢车、杀人事件不断发生，进入 12 月份以来，已有 20 余人被打死，有的报道说，被打死者不止这个数字，农村地区正在打内战。

12 月 12 日

中建广西分公司今天有 38 人乘索航回国。

12 月 13 日

晚 8 时 15 分，三十几名当地匪徒，其中 1 人为蒙面人，持枪袭击大院内四川公司海港组基地，匪徒翻墙进入院内，首先撬开紧靠该组大门的李振民房间，拿走了大门的钥匙，把大门打开，然后 30 余名匪徒冲入院内，先把刘显强摁倒在地，不许他喊叫，另外 4 名匪徒把中国人宿舍走廊靠大门的一端封住，进行射击，另一名在宿舍斜对面，用冲锋枪扫射。此时分散在各房间的 14 名中国人拼命喊叫，他们一次又一次地往外冲。宿舍墙被打出两个洞，走廊顶部的石棉瓦被打穿。陈会计的肚皮被匪徒用砖头砸伤，另一人手被砸伤，该组雇用的警察也不在现场，打了一阵之后，大院的警察才赶到现场。

对上述事件，港口组的同志反应强烈。

12 月 14 日

早饭后，陪同参赞去海港组驻地查看，徐工讲了昨晚匪徒袭击该组的经过。然后，我们又同四川公司汪经理、徐工一起去使馆向大使做了汇报。

12 月 15 日

凌晨 1：15，大院四川公司重庆大修厂场地（同海港组毗邻）遭匪徒抢劫，正在巡逻的一名警察被匪徒摁倒在地，开了两枪，3 立方米的木材被劫走。

12 月 26 日

1. 凌晨 1 时 30 分（北京时间 6 时 30 分），中央电台新闻联播节目报道：据新华社内罗毕消息，索马里反政府武装力量与政府军前天在首都和机场附近发生激战，反政府武装力量被政府军击退。报道说，反政府武装力量已打到离首都摩加迪沙 30 公里的地方，外国人纷纷撤离。

2. 上午，中水公司收到国内总部电传，要他们做好安排后，尽快撤回国内。

3. 烟厂财务经理马林上午来告，因晚上外出不安全，要求把明晚宴请时间改为 12：30—下午 1：30。

马林还告：索警力不够，老的、有经验的军人都投降了反政府军，现役军人多是年轻的。他讲，昨晚烟厂附近有 2 名警察被打死，一辆汽车被炸毁。他讲，晚 6 时后，他们就不出门了，所有商店下午 6 时后都关门，以免被抢。

12 月 28 日

昨晚，江苏公司一集装箱被撬开，里面所装木材全部被盗走，另一集装箱所剩 2/3 的瓷砖被盗，四川公司海港组油漆（数量不详）被盗。

12 月 30 日

凌晨 1 时许，经参处和招待所的几条狗狂吠不止。早上发现，招待所第 4 排的 7 间客房，除靠里面离我人员居住最近的一间外，全部被撬开，地毯、卧具、桌、椅、电风扇等全部被盗走，这排客房是前不久刚刚改造好的，是招待所最好的一排客房。人们认为住在最后一排不安全，全都搬到最前排靠经参处最近的一排去住了。

下午 3 时 15 分，我大院附近响起枪声，越来越密集、激烈，原定于下午去使馆传达文件，不得不取消，枪声一直持续到下午 6 时。

12 月 31 日

上午 9 时，枪声又起，间有炮声。

参赞从使馆回来，根据迅速变化了的形势，使馆研究决定了我馆第一批撤离人员：商务处一秘的夫人，武官处副武官的夫人（任期已满）；使馆 2 名编外夫人；经参处张聿强（任期已满），以上人员 1 月 15 日回国。

下午 3 时，枪声又逐渐激烈。英国 BBC 广播公司讲：昨天索马里首都摩加迪沙政府军同反政府军展开了激烈的战斗，约有 20 人被打死。战斗集中在总统府附近。过去一段时间，双方一直在不断发生冲突，有一名政府高官被打死。

战斗今天仍在继续。

后　记

一

费九牛二虎之力，耗二十余年时间，反复修改了不知多少次，终于在共和国七十周年华诞前夕，写成了这本不成书的书——《亲历索马里内战》，送出版社，出版社建议将书名改为《我在非洲的岁月》。

何以付出如此"沉重"的代价：首先因为自己肚子里没有多少墨水，另外是自己不自量力，不安分守己，退休后，无事可做，想找点事做，便想把自己在索马里工作三年写下的日记整理一下，有的早已写成了文章。

整理过程中，产生了一个想法：先把所亲历的内战日记整理出来，送给报社，也让更多的国人了解索马里的真实情况，于是便写了《在索马里的最后七天七夜》一文，送国际商报社，没有想到，竟然给发表了，这是我做梦都不曾想到的事，喜悦之情溢于言表，凡是有过此种经历的，都会感同身受。不瞒人说，想在报纸、杂志上公开发表自己写的小文章，是我长期以来的愿望，没想到，这个愿望得以实现，受此鼓舞，后又在该报上发表了《难忘的非洲之角》（连载）等。

这是促使我要写《亲历索马里内战》的根本原因。

我的老家是一个古老封闭的村庄，解放战争期间，我们那里属拉锯地带，一会儿解放军来，一会儿国民党军来，后解放军又来了。解放军来了教我们学会了一首歌，歌词是：

儿童团来笑哈哈，团结起来把路查，到庄头四下里撒，来人不明问问他，问问他。

我们那里的老百姓都希望供自己的孩子上几天学，不做睁眼瞎，哪怕是要饭吃，村里都坚持办学，我就是在这种情况下开始上学的，开始时没有纸笔，用的是石板和石笔，我很喜欢念书。上高小时，学校离我们村很远，而且中间还隔一条胶河，故我不得不住校，每个星期回家一次。有一年夏天，星期天下午我独自一人背着半面袋高粱面（一个星期的伙食）返校，走到胶河不远处，发现胶河发大水了，走到河流近处，发现滚滚胶河水从眼前流过，把我挡住了，过河吧，很危险，不过吧，返回家，第二天返校肯定要误课，怎么办？过还是不过？我去远处绕道姚哥庄铁路桥，路不熟，天色已黑，我犹豫不决。最后，神差鬼使般地决定：过！于是脱下衣服，连面袋一起放在头顶上顶着，便一步一步慢慢地试探着，摸着石头过河，走到河中间，水已到了我的胸口以上，幸好水流不很急，我过了河，福大命大，我没有被河水吞噬，事后真是后怕！这便是我儿时上高小摸着石头过河的一个真实的故事。

我喜欢读课外书，"四大名著"自不必说，除此之外，还读了不少解放以后新出的书，像《铁道游击队》《青春之歌》《林海雪原》《保卫延安》等，还把书中的句子、词语等记下来，供自己写作文时参考。

多年来，我孜孜不倦地读书看报。近朱者赤，蠢蠢欲动，也想写点什么东西，可是，自己无写作方面的细胞，再说，也无什么可写的东西。但是，自己没有放弃在这方面的努力。

二、"塞翁失马，焉知非福"

初抵索马里，发现这里的经参处，并不像自己以前所常驻的经参处那样，不但要负责本身的经援业务，还要管理整个中国大院和专家招待所。特别是对于临时负责人对我的工作的安排，很是有些想法，但碍于刚到，人生地不熟，不了解情况，不便说什么，只得硬着头皮接了下来，但心里想早知这样，就不到这里来了，心里一直很不痛快。好在自己有记日记的习惯，把每天发生的事都做了记录，特别是索北方爆发内战以来，每天都有详细记录。

后来，因索首都内战爆发，我人员不得不撤离，回到国内后，便开始整理在索工作三年的日记，特别是索北方爆发内战的日记。为了让更多的国人了解索内战的真实情况，便首先将我人员撤离索马里前最后的七天七夜的经历整理了出来，送至报社，该报社很快予以发表，这便是此前所写文章发表情景。

文章见诸报端的喜悦之情，跟刚去索马里时的心情截然不同，不再后悔不该去索马里了，而且还要感谢那三年，这三年帮我实现了多年的愿望。这正是老子所说"祸兮，福之所倚；福兮，祸之所伏"，即"塞翁失马，焉知非福"的辩证法。

三、文章中为什么有几句军事词汇

在文章中，有的地方我用军事词汇来表达我的思想，觉得能较为准确恰当地表达我的思想，如南征北战、东突西围，转战南部非洲，我把赴新独立的国家厄立特里亚去建经商处，开辟新经贸业务为开辟新战场等。

这是因为我读了一些有关人民战争的军事著作，如《铁道游击队》《林海雪原》等，学了一些军事词汇和术语。特别是文化大革命时期，在国外，文化娱乐生活十分贫乏，就那几部电影：《南征北战》《地雷战》《地道战》，所谓"八个样板、三个战"，翻过来看，覆过去看，不厌其烦地看，不但自己看，还放给当地人看，有的台词都能背下来，深受其影响。

总之，我想个别地方适当地用军事单词或术语，能帮助自己更有力、更准确地表达当时的思想感情。

四、关键时刻，我这几句英语起到了"四两拨千斤"的作用

1987年，在我的人生道路上是颇有意义的一年，在被派往索马里前，破天荒地（非破格地）被提为副处，否则没有资格去驻索马里使馆经参处当一秘。尽管是一次平常的晋升，有的人有点不太相信。他？被提为副处，怎么可能？他除了会几句英文之外，还会什么？您说对了，我除了会几句英文外，什么也不懂，别小看我这几句英文，我就凭着这几句英文，几乎走遍整个非洲大陆，别小看这几句英文，关键时刻却起到了"四两拨千斤"的作用。

就是因为我会几句英文，1983年我完成了国外的工作任务后回到国内，被分配到公司材料处，专门从事"转口"业务，同外商打交道，做起了买卖。干了几年，只做成了一笔较大的生意，为我援毛里塔尼亚供水项目，通过香港的一中间商，从法国蓬阿穆松公司采购了数万吨球墨铸铁管，公司给我们下达的指标是700万美元可成交。经过我采购组领导和同志们的艰苦谈判，最后以510万美元做成了该笔交易，为公司赚了200多万美元的利润，为援毛塔这一供水项目按时按质完成做出了贡献，该项目得到了毛塔政府和联合国驻毛塔机构的好评。

值得一提的是，通过该项目，我们对外很好地宣传了我公司，同时通过这笔生意，我转口小组的同志们发挥了主观能动性，为公司争得了相当可观的一笔额外财富，外商送给我公司一辆很漂亮的大旅游巴士，还有几辆中型面包车、摩托车等。这要归功于我们转口小组的集体努力，我是转口组中唯一会几句英文的"老翻译"，关键时刻，我这几句英文发挥了作用，起到了"四两拨千斤"的作用。

2020年8月20日凌晨2：20
张聿强